この冬、いなくなる君へ
長い嘘が終わる日に

いぬじゅん

ポプラ文庫ピュアフル

JN122692

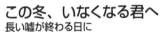

空から白い雪が、音もなく舞い落ちている。
今年も冬がこの街に訪れた。
心に積もる悲しみは、この雪のように溶けることはない。
もう何年も、冬に閉じこめられているようだ。

暗闇の中でじっと身を潜めて生きてきた。
なにも見ない。なにも聞こえない。
それでいいと思っていた。

そんな僕の前に、ある日君が現れた。
不思議なんだ。
君のためにできることを探している僕がいる。

この冬、いなくなる君のために。

Contents

〇年目／新しい季節の中で

ふいに、冬のにおいがして立ち止まる。

正確に言えば、懐かしいにおいに足が勝手に止まり、数秒後に「ああ、これは冬のにおいだ」と理解した感じ。

雪が降っているわけじゃないし、今日が特別寒いわけでもない。

熱海《あたみ》駅前の商店街には、温泉饅頭《まんじゅう》屋や土産物屋がずらりと並び、夕刻というのに観光客がひっきりなしに歩いている。

鼻から空気を吸いこんでも、冬のにおいはもう感じられなかった。

「どうかした？」

無意識に足を止めていたみたい。少し先で半田《はんだ》煉也《れんや》が不思議そうに首をかしげている。

なんでもないよ、と首を横に振ってから煉也に追いつく。

今はこの人ごみから抜けだすことが最優先事項だ。

「なんで今日は商店街を通るの？」

責めているわけじゃなく、純粋に不思議だった。

大学からの帰り道は駅前にある小道を選ぶのが常。商店街が下り坂になっているせいで、こっちに進むと家までの上り坂がひとつ増えることになる。

それ以上に私は人ごみが苦手ですぐ酔ってしまう。煉也だってそんなこと知っているはずなのに。

「もうすぐ陽葵《ひまり》とつき合って一年だからさ」

少年みたいな笑顔で煉也はそう言った。

ゼミが一緒になった時から煉也の印象は変わらない。はちみつ色に染めた私よりも細い髪に、丸い目と薄い唇の持ち主。明るくていつも輪の中心にいるような人。

一方の私は、自分から話すのは得意ではなく、どこにいても『その他大勢』に区分される。まるで真逆なふたりだから、ゼミでもそれほど会話をした記憶はない。

だから、去年のクリスマス・イヴに告白された時は本当に驚いた。

「初めてふたりでここに来た時のこと、覚えてる？」

煉也の言う『初めて』はいつのことだろう。春にゼミでやった歓迎会のあとのことか、それとも暑気払いの時のことだろうか。

「えっと、いつだっけ？」

伸ばしはじめた髪を触りながら尋ねた。

「温泉饅頭を買うのにつき合ってくれたよな」

「ああ、たしかおばあちゃんに買っていくって……」

大量の温泉饅頭を買う煉也のうしろ姿を思いだす。私は近くのベンチに座って待っていたっけ。あれはまだ告白される前のことだ。

「ふたりとも就職が決まったわけだし、饅頭でカンパイしようよ。ばあちゃんにも買っていきたいし」

私の返事も待たず、彼は前回と同じ店に吸いこまれていった。それほど身長が高くない煉也のうしろ姿は、すぐに人の波に見えなくなる。

ああ、そうだ。このベンチに座ったんだ。

今は観光客が座っているので、少し離れた場所で待つことにした。

「就職か……」

気がつけば大学四年生の冬。就職が目前に迫っている。

私たちの住む熱海市は静岡県最東部に位置し、人口は約三万四千人程度。経済の中心は宿泊業や飲食業で、私は製菓会社の事務職に内定をもらっていた。

イヤホンを耳につけてからスマホを開く。動画アプリにあるお気に入りのチャンネルを再生すると、喧騒は一気に遠ざかった。

動画の中では人気配信者がくだらないチャレンジをしている。私が注目するのはどんな編集をしているかについて。

テロップのだし方やBGMのチョイス、なによりすごいのは長時間撮影したであろうに、UPされた動画は惜しみなくカットされ、最適な長さに編集されていること。普通は尺を長く取りたくなるチャレンジの様子も、失敗シーンはバンバン早回ししている。効果音の使い方も秀逸だ。

やっぱりすごいな。このチャンネルが人気なのは、緩急を意識した編集力の賜物だと私は思っている。

「お待たせ」

　思ったよりも早く煉也が紙袋を手に戻ってきたので、イヤホンを外した。去年は大量に饅頭を購入しすぎて持ちきれないほどだったのに、今日は二箱しか買っていない。

「また動画見てたの？　陽葵はほんと『ステキムテキチャンネル』が好きだな」

「チャンネルが好きってわけじゃなくて――」

「編集が好きなんだろ？　もう百回聞いたし」

　パッケージを開けた煉也が笑いながら、薄茶色の饅頭を渡してくる。

「はい、カンパイ」

「カンパイ」

　軽く持ちあげながら、また冬のにおいを探してみる。あれはなんだったのだろう。

「さっき冬のにおいがしなかった？」

「冬のにおい？　急に詩人っぽいこと言うね」

「そういうのじゃなくって――」

　言うそばから煉也は歩きだしてしまったので坂道を追いかける。

　熱海の町はそのほとんどが丘陵地帯。つまり坂だらけだ。高い位置には別荘が並び、眼下には海が広がっている。

　私が住んでいる家は商店街を抜けて坂を数分のぼった先にある。駅からのアクセスがいいので気に入っているけれど、内定をもらった会社は車でないと通えない場所。年明けからは自動車教習所に通うことになっている。

商店街を抜けたところで煉也が足を止めた。ここから道が違うので、今日はさようなら。

「ゼミの卒業旅行、陽葵はどうする？　もうすぐ締め切りだけど」

行き先が台湾だと聞き、悩みに悩んだ末に諦めることにした。

人酔いだけでなく車酔い、酒酔いなど、酔いに弱いのは昔から。飛行機で酔ったら大変だし、現地の観光地はすごくにぎわうそうだから。

母親である風子《ふうこ》ちゃんからも「陽葵は酔いやすいから長時間の飛行機は無理。海外旅行はダメよ」と洗脳のようにことあるごとに言われ続けている。

スカートのポケットでスマホがぶるんと震えた。誰からの着信かは分かっているけれど、そのまま放置した。

「やっぱりやめておこうかな、って。自動車学校も卒業できるか分からないし」

煉也が饅頭を食べながら「そっか」と言った。

「じゃあさ、車校を卒業したらふたりで旅行に行こうよ。北海道なんてどう？」

「北海道？　え……春休みなんて絶対混んでるよ。混んでるところはちょっとね」

人ごみが苦手なことをつき合う時に伝えたはずなのに、彼の記憶からは抹消されているらしい。だから今日も商店街を通ったってことか……。

「混んでるところのほうが楽しいよ。はぐれないように手をつなぐからさ」

やっぱり忘れてしまっているみたい。

スマホがまた震えだした。母親――風子ちゃんからの着信なのは間違いない。

「考えておくね。もう帰らなきゃ」

「分かった。またな」

軽く手を挙げ、煉也は坂道を下りていく。でも、私には登山とも呼ぶべき急勾配の坂道が待っている。

気合いを入れて歩けばどんどん店の数は減っていく。さびれた郵便局の前を左に曲がり、その先を右。しばらく進むと二階建ての家が見えてくる。何度塗り直しても外壁がすぐにくすんだ色になってしまうのは、潮風のせいだろうか。

ああ、またスマホが着信を知らせている。

小さな門を抜けてから玄関のドアを開けると、

「え、陽葵ちゃん!?」

素っ頓狂な声がして、バタバタと足音を鳴らして風子ちゃんが走ってきた。

母親のことを風子ちゃんと呼んでいるのは昔から。

小学生の時に、友だちから『お母さんのこと、名前で呼ぶなんておかしい』とからかわれ、呼び方を変えようとしたこともあった。が、風子ちゃんが許してくれなかったのだ。理由はたしか、『この呼び方のほうが友だち親子って感じがするから』だったと思う。

「ああ、やっぱり陽葵ちゃん！　電話にでないからすっごくすっごく心配してたんだよ」

半泣きの風子ちゃんが両手を伸ばして抱きついてこようとするのを、すんでのところでかわした。

「ゼミの友だちと会う、って言ったじゃん」

「それでも遅いんだもん。なにかあったんじゃないかって心配で心配で。これ食べたら探しにいこうかと思ってたんだから」

右手には、かじりかけのアンパンが握られている。

北織《きたおり》風子、四十八歳。前髪を直線に切ったボブカットスタイルは昔から変わらない。小柄なのに最後に聞いた時の体重は三桁間近。こちらは日々進化しているようだ。

洗面所で手を洗いリビングに向かう間も、

「寒くなかった?」「お腹空いてる?」「なにかあったかい飲み物いる?」

と、矢継ぎ早に問われ、引っつき虫のように離れてくれない。

「お父さん、助けて」

ソファでテレビを見ている父に助けを求めるが、ニコニコとこちらを見ているだけ。長年の夫婦生活で、こうなった時の風子ちゃんが止まらないことを理解しているらしい。

「すぐにご飯にしようね。今夜はちゃんこ鍋。あたしにピッタリでしょ」

ガハハと笑い、風子ちゃんはアンパンを口にくわえたまま鍋をセットしていく。

ちゃんこ鍋は風子ちゃんの丸いフォルムにあまりにも似合いすぎている。けれどここで同意してはいけない。気分の落差がジェットコースターみたいに激しい風子ちゃんだから、『ピッタリだね』なんて言ってしまったら最低三日は落ちこむことは目に見えている。

キッチンの角に腰をぶつけたり、洗った白菜の水気を切ろうとして水しぶきをまき散らしたり、風子ちゃんはいつでも大胆な動きをする。悪く言えば、大雑把だ。

すべての具材を一気に煮こむのも定番。それなのに、風子ちゃんが作る料理は、例外なく美味しく仕あがるのが不思議。

「じゃあ早く食べましょう。すっごくお腹空いちゃった」

気づくとアンパンは姿を消していた。

食事がはじまるとしばらくは食べることに夢中になる風子ちゃん。ある程度お腹が満たされたところで「ねえねえ」と、向かい側に座る私を上目遣いで見てきた。

「来週がクリスマスなんて早いわよねえ。それで、ゼミのほうは断れたの？」

「ゼミ？」

「ゼミでのクリスマスパーティのこと。楽しそうだとは思うけど、やっぱりあたしもお父さんも、陽葵ちゃんと一緒にクリスマスを祝いたいのよ」

まだ諦めてなかったんだ、とガッカリする。

ゼミのメンバーとクリスマスパーティをする予定なんてない。イヴは煉也とデートする約束をしている。

煉也とつき合っていることはふたりには内緒だ。特に風子ちゃんは要注意。一回生の時にうっかり喋ってしまったら、季節を越えないほどつき合いは短かったにもかかわらず、最初から最後まで反対され続けた。

なので今年の二十四日はゼミのクリスマスパーティという架空の予定を伝えてある。が、どうやらそれもダメらしい。

「イヴがダメなだけだから。二十五日は空いてるよ」

代替案を提示しても風子ちゃんはぶうと頰を膨らませてしまう。

「クリスマスって言ったらイヴが大事なんだもん。そうだ、いいこと思いついた！　ゼミの人とは昼間に遊べばいいじゃない。それなら夜は一緒だもんね」

「昼間から飲み会なんてしないでしょ」

「じゃあ家にお呼びしたら？　あたし張りきってたくさんお料理作るから」

「風子ちゃん、あのね――」

「ダメ！　お願いだから今すぐに『家族で過ごす』って言って。陽葵ちゃんが『いいよ』って言うまで三秒前、二秒前――」

こんなふうに風子ちゃんはいつも強引にものごとを決めようとする。そのキラキラした目を見ていると、ふといい考えが頭に浮かんだ。

「クリスマスの前に私の誕生日があるでしょ。その日にクリスマスパーティも一緒にやるのはどう？」

「ひぃ」とヘンな声がした。見ると風子ちゃんはもう半泣きになっている。

「二十日の誕生日会は誕生日会、クリスマスはクリスマス。ずっとそうやってきたのに、なんでそんなことを言うの？　あたし、イベントをまとめてやるのが嫌なの。陽葵ちゃんが生まれた日とキリストが生まれた日は一緒じゃないのよ。そんなこと言われたら――」

「分かったよ。ごめん。誕生日とクリスマスは別だもんね」

二十四日はイヴだけどね、と思いつつフォローするけれど、よほどショックだったのか洟《はな》を啜っている。

ひとりっ子だから仕方ないけれど、いくらなんでも過保護すぎる。だけど、こうなった時の風子ちゃんが絶対に譲らないことも身に染みて分かっている。

煉也との約束は二十五日に変更してもらえばいいか……。

「分かったよ。じゃあ、イヴの夜は家族でパーティしよう」

「うれしい！　陽葵ちゃんありがとう」

テーブル越しに抱き着こうと手を伸ばしてくるけれど、リーチが長くないので届かない。エアで抱きしめたあと、風子ちゃんは鍋にうどんを投入しだした。

「これは締めじゃないからね。このあとには雑炊が控えているのです」

鼻歌をうたいながら火加減を調整している。父と目が合うと、申し訳なさそうに肩をすくめていた。そう思うなら助けてくれてもいいのに。

「ゼミの卒業旅行も行かないんだよね？」

「さすがに飛行機は怖すぎる。酔っても逃げ場所がないし」

「現地もすごい人だしね」

ゼミの台湾旅行について相談したところ、風子ちゃんがスマホで現地の様子を調べてくれた。故宮《こきゅう》博物館や夜市、九份《きゅうふん》などの観光地はもれなくたくさんの観光客でごったがえしていることが分かり、諦めることにした。

「私に海外旅行はハードルが高すぎるってことだね」

「あたしも苦手。でも、国内にもいいところはたくさんあるから大丈夫よ。海外旅行は我が家では禁止にします」

なんて、真面目な顔でまた宣言している。

ぐつぐつと鍋が再び沸騰しはじめた。うどんに卵を落とし煮こんでいた風子ちゃんが、

「そうそう、また手紙を書いたのよ」

と、唐突にスカートに挟んだ黄色の封筒を取りだした。お腹にポケットがついているかと疑っていたのは遠い昔。大事な物はいつだってそこにしまっておくくせがあるみたい。

「ありがとう」

たまにくれる手紙には、普段はしゃべりすぎる風子ちゃんの本音が書かれている。なにかにつけてもらうこの手紙を実は楽しみにしている私。おそらくこれまで五十通以上はもらっただろう。

うどんの入った器を受け取ると同時に、また冬のにおいがした。今度はさっきよりも強く季節を感じる。

風子ちゃんが鼻をヒクヒクと動かした。

「冬のにおいがするわね」

「え、風子ちゃんも思ってたの？」

驚く私に風子ちゃんは「うん」とうなずき、体に似合わない小さすぎる指で、鍋で躍る具材を指さした。

「磯揚げって冬にしか買わないからね」

磯揚げとは、海の幸を練り物と一緒に揚げたもので、練り天とか揚げ天とも呼ばれている。熱海の名産ではないけれど、我が家では鍋に欠かせない一品だ。

なるほど、と内心膝を打つ。さっき、磯揚げの店の前を通った時に鍋を連想し、冬を感じたってことか。分かってみればなんて単純な真相だろう。

「商店街で買ってきたの？」

「陽葵ちゃんと一緒であたしも人ごみが苦手じゃない？　というか、この体型のせいで迷惑かけちゃうから行かないのよね。隣の山本《やまもと》さんが商店街に行くって言ったからお願いして買ってきてもらったの」

「そっか、私も滅多に商店街を通らないからそう感じたんだ」

納得する私に、風子ちゃんは頬の肉をもりっと上げて笑った。

「同じにおいに冬を感じるなんて、あたしたちって本当に親子なのね。すごくうれしい」

「そこまで感動すること？」

「だって陽葵ちゃんはどんどんかわいくなっていくのに、あたしはどんどん丸くなっていくんだもん。でも今ので確信した。あたしたちのＤＮＡはまぎれもなく一緒なの！」

風子ちゃんはうどんをズズーッと深呼吸するように吸いこんでいる。

父はそんな風子ちゃんをやさしい目で見ている。

うどんはあっという間になくなり、風子ちゃんは雑炊を作りはじめた。いつもそうだけど、ご飯の量が多すぎて雑炊ではなくおじやになってしまう。

「今日はね、ご飯のあとにデザートがあるのよ」

卵を流しこみながら風子ちゃんが言った。『今日は』じゃなくて『今日も』だと思ったけれどツッコむのはやめておいた。

「なんと熱海第二製菓さんの『あたみん饅頭』。そう、陽葵ちゃんが就職する会社の人気商品なのです！」

「そうなんだ……」

反応の悪い私を気にする様子もなく、風子ちゃんはキッチンから箱を手に戻ってきた。

『あたみん饅頭』と書かれた箱には、ミカンサイズの饅頭が本物のミカンそっくりに描かれている。『だいだい』と呼ばれる熱海の特産品である柑橘類のジャムが入った饅頭は、熱海第二製菓が販売しているお菓子の中でもいちばん人気で新幹線の駅の売店でも売られている。

「でね、これが『あたみん』のキャラクターなの。かわいいでしょう？」

だいだいに丸い目と口がついたキャラクターグッズを渡された。小さなぬいぐるみで、だいだい色のストラップがつけてある。

「入社初日にそれをつけて行けば目立つと思うの。『あたみん』はこれからもっと人気がでるだろうし、会社の宣伝にもなるしね」

「あ、うん……」

小さなぬいぐるみを眺めると、胸が少し痛くなった。

ふたりに話さなくてはいけないことがある。何度も話をしようとしては、そのたびに躊躇してしまって今日まで来た。

顔を上げると同時に風子ちゃんと目が合った。

これから風子ちゃんを傷つけるかもしれない。そう思うと、なかなか言葉がでてこない。

ちょっとした変化でも見逃さない風子ちゃんだから、心配性が発動したら大変だ。濃厚こってり味で質問を浴びせてくるだろう。

その前にちゃんと……話さなくちゃ。

「あの、ね……」

言いかけた私に、案の定、風子ちゃんは眉をひそめてしまう。

「待って。あたし、分かった」

「え……」

戸惑う私に風子ちゃんは首をかしげたポーズで口を開いた。

「ひょっとして、まだお腹空いているの？」

「え？　あ……うん」

無邪気すぎる問いに気勢が削がれて湯気に隠れるようにうなずいてしまう。また胸が痛くなった。

夏帆《かほ》さんに電話をするのはいつも、二階の部屋でベッドにもぐってから。

耳のいい風子ちゃんを警戒して、だ。

『そっかぁ。やっぱり言いだすのは難しいよね』

夏帆さんの声を聞くたびに、心が浄化されたような気になる。

北織夏帆さんは、父の兄の娘。つまり私にとっては父方の従姉にあたる。私より三歳年上の夏帆さんはやさしくて穏やかで、まるで澄んだ水のようなイメージ。ひとりっ子の私にとっては、昔から姉のような存在だった。

東京に住む夏帆さんは、父親である紘一《こういち》さんが経営している映像制作会社で主任をしている。

「どのタイミングで伝えていいか分からないの」

『でも春には東京に来るわけだし、内定先だって早めに断らなきゃいけないよね。社長から陽葵パパに話をしてもらう？　男同士のほうが分かり合えるかもしれないよ』

「お父さんがOKしても、風子ちゃんがダメならそれは絶対にNGってことだから」

掛け布団で作った基地から部屋の外に耳を澄ませる。風子ちゃんがテレビを見て笑い転げる声が一階から聞こえている。

あれは熱海第二製菓から内定をもらった頃のこと。夏帆さんとのなにげない会話の中で、動画配信サイトの『ステキムテキチャンネル』の話題がでた。

男子大学生ふたりがやっていて、よくある〝やってみた系〟の動画をアップしているチャンネルだ。

チャンネルのファンであることを告白した私に夏帆さんが言ったのだ。『あの動画の編集、うちの会社でやってるんだよ』と。もともと、動画編集に興味のある私が飛びつかないはずがない。

それ以来、紘一さんの会社に就職する計画が秘密裏に進んだ。東京にも何度か足を運び、紘一さんに面接もしてもらった。

口が軽いことで有名な紘一さんも、今回ばかりは協力してくれ、今のところ情報漏洩はされていない。

『でもほんとにうちでいいの？　家族経営に毛が生えたみたいな小さな会社なのに。それに入社してしばらくは事務系の仕事ばかりになっちゃうよ』

「大丈夫だよ。いつか動画編集をさせてもらえるように勉強するから。専門学校をでているわけじゃないのに採用してもらえるだけでうれしすぎる」

動画編集ソフトを使って勉強はしているけれど、急に芽生えた夢にスキルが追いついていないのは自覚している。東京に住んだら、働きながら通信講座とか教室に通うつもりだ。

『私も陽葵ちゃんと一緒に働けるなんてすごくうれしい』

そんなことを言ってくれる夏帆さんの声がくすぐったい。

「私も早く夏帆さんと一緒に働きたい。そのためにもがんばるからね」

何度も口にした決意は実行できないまま、今年も最後の月に突入している。東京で住む部屋も決めなくちゃいけないし、引っ越しだってある。残された猶予が少ない中、まずは風子ちゃんに話をしなくてはならない。

反応は分かりきっている。きっと号泣して反対するんだろうな……。

夏帆さんとの通話を終えると、さっき風子ちゃんからもらった手紙を取りだす。黄色い封筒には淡い水色の便箋が入っていた。

風子ちゃんの特技のひとつは手紙を書く時の文字だと思う。美しい文字で書かれた手紙を読むのが、私は好きだった。

私は便箋をそっと開いた。

陽葵へ
今年も冬が訪れましたね。
熱海の冬は雪もそれほど降らないし温暖な地域です。

それでも海風だけは別です。

一瞬で体温を奪うほどの冷たさには何年住んでも慣れません。

陽葵ももうすぐ二十二歳の誕生日を迎えますね。

大学生活もいよいよあと数か月。

社会にでる前に好きなことをしておく最後のチャンスです。

なにか勉強をしてもいいし、アルバイトに精をだしてもいいし、友だちと旅行に行くのもいいでしょう。

体を冷やさないように気をつけながら、陽葵のやりたいことにチャレンジしてください。

母より

誕生日の思い出は毎年更新されていく。

うちではケーキと料理とプレゼントというシンプルな会だけど、家族のことをいちばんに思う風子ちゃんだから、誕生日会は毎年必ず開かれてきた。

その中でも特に記憶に残っているのは、私が五歳になった日のことだ。

まず父が出張で不在だったこと。父が予定を告げた時の風子ちゃんはすごかった。台風が巻き起こるんじゃないかと思うくらいの怒りと悲しみ、舞台女優も真っ青な嘆きのくだりは今でも覚えている。

父にもトラウマとして刻まれたのだろう、その年以降、十二月二十日は早めに帰宅している。

でも、もっとイレギュラーだったのは、誕生日当日、風子ちゃんが夜になっても帰ってこなかったことだ。

当時の風子ちゃんは保険の外交員をしていた。大口のお客さんからのクレームがあり、その対応に追われたのが原因だったらしい。

風子ちゃんの従妹の文《ふみ》ちゃんが来てくれふたりで風子ちゃんの帰りを待っていたけれど、ひどく不安だったことを覚えている。

夜遅くに戻ってきた風子ちゃんは号泣しながら何度も謝ってくれた。不安で仕方なかったのだろう、私も涙が止まらなかった。泣きながら食べたケーキがしょっぱかったことは今でも舌が覚えている。

そのせいもあり、誕生日会にはほんのりと悲しいイメージがこびりついている。

今もケーキのろうそくを吹き消した瞬間に、ふわりと過去の記憶がよみがえった気がした。風子ちゃんが悲しげにほほ笑んでいるように見えたのもきっとそのせいだろう。

テーブルには唐揚げのほかにもマカロニサラダやハンバーグ、主役のケーキがところせましと並んでいる。この子どもが喜びそうなメニューは毎年変わらない。ひょっとしたら風子ちゃんは私が大人になっていくのを悲しんでいるのかもしれない。

だとしたら、これから話さなくてはならない内容は受け入れがたいだろう。

誕生日当日に話をすると決めたのは、内定辞退の期限が迫っていたから。辞退する前に、ふたりにはきちんと話をしようと決めた。

そのことを考えると胃が痛くて食欲もわかない。

「本当にプレゼントはいらないの？」

唐揚げをほおばったあと、風子ちゃんが困ったように尋ねた。

「うん」

「クリスマスと合わせて豪華なプレゼントにするのもいいよなあ」

ほのぼのとビールを飲む父にも、

「そうかもね」

と、あいまいに返事を濁した。

ジンジャーエールで喉をリセットしてから向かい側に座るふたりを見る。

どうしようか。せっかくの雰囲気を壊すより、誕生日会が終わってから言うべきかもしれない。

ううん、そうやって先延ばしにしてきたからギリギリになってしまったんだ。

私は覚悟を決めると、背筋を伸ばして「あのね」とふたりの顔を交互に見た。

「内定を断ろうと思ってるの」

息を吸って一息に言う。最初に反応したのは父のほうだった。目を丸くしたあと、そっとテーブルにグラスを置いた。

「熱海第二製菓を断るってこと？」

「……うん」

「ああ、なるほど。もっといい就職先が見つかったってことかあ」

目じりを下げた父に罪悪感が大きくなる。風子ちゃんに視線を移すと、フォークを握り締めたままフリーズしていた。さすがは風子ちゃん。そんな単純な話ではないことをすばやく察知した様子。

「映像制作に関わる仕事に就きたいの。いずれ動画の撮影や編集をしてみたいと思ってる。……紘一伯父さんの会社に入ることになったの」

「紘一の？　あ、そうか。あいつそういう仕事を――」

やっと話の内容を理解したのだろう、そう言った途端に父もフリーズしてしまった。

「夏帆さんが主任で、実質ナンバー2なんだって。職場の近くに安いアパートも見つかりそうなの。そこで一から学んでみたい。だからお願いします。東京に行かせてください」

早口で言ってから頭を下げた。

しんとした時間がしばらく流れた。

「ふ」と笑い声がして顔を上げると、風子ちゃんは意外にも笑みを浮かべていた。

「もう陽葵ちゃんったら冗談ばっかかり。誕生日ドッキリとかやめてよね」

「冗談でこんなこと言わないよ」

「はいはい。あーもう驚いちゃった。この話はもうしたくない」

「風子ちゃん――」

身を乗りだす私から逃げるように「トイレ！」と叫んで風子ちゃんはリビングをでていってしまった。

「陽葵」

父が静かな声で視線を戻した。

「今の話、本気ってこと？」

「うん」

「紘一兄さんも承諾してるんだよね？」

「黙っててごめんなさい」

父はしばらくテーブルに並ぶおかずを見ていたけれど、やがて深いため息をついた。

「そんなことを考えていたなんて驚いたよ。さみしくなるなあ」

てっきり大反対されるものだと覚悟していただけに、父の意外な反応に戸惑ってしまう。

「東京に行っても……いいの？」

「人ごみが苦手な陽葵が東京行きを決めたんだから、よほどの覚悟なんだろう。それに昔から、一度決めたら譲らないことも知っているからね」

グラスのビールをあおったあと、父はトイレのほうへ目をやった。

「ただし、風子ちゃんにはもう少しだけ時間をあげてくれる？　今だって必死で冷静さを保っていただろうし」

トイレから鼻歌が聞こえてくる。無理して明るく振る舞っていることが伝わってくる。

「風子ちゃん、大丈夫かな……」

「落ち着けば自分から話をしてくれるよ。それまでは待ってあげてほしい。熱海第二製菓さんには誠意をもって対応しなさい」

「内定を辞退してもいいの？」

「風子ちゃんには折を見てお父さんからも言っておくから」

父のやさしさに胸が熱くなる。これまでも本当に困った時は手を差し伸べてくれた。

「分かった。ありがとう」

罪悪感が洪水のように押し寄せてくるのを感じながらもう一度頭を下げた。

「お待たせ！　さあ、誕生日会を続けましょう」

勢いよく戻ってきた風子ちゃんはニコニコしているけれど、私には分かってしまう。

笑みも言葉も指先も、小刻みに震えていることを。


「別れよう」

煉也がそう言った時、私はバスターミナルに並ぶ人たちをぼんやり見ていた。この数日で冬はこの町の気温をどんどん下げている。

別れよう？　……別れるって言ったの？

隣を見ると自分から別れを告げたのに、煉也はフラれたみたいに苦悶の表情を浮かべている。

「え……待って。二十五日に会えないって言っただけなんだけど……」

もともとの二十四日の約束を、家族とのクリスマスパーティのため翌日に延ばしてもらっていた。しかし、紘一さんに紹介してもらった不動産屋が二十六日から休みに入ることが分かり、急遽、二十五日から東京へ行くことになったのだ。

部屋を選ぶのをあと回しにしてもよかったけれど、職場から近くて家賃の安い物件が今度いつでるか分からない。さらに、紘一さんにも年内にきちんと挨拶をしたいこともあり、そう決めたのだった。

煉也と駅で待ち合わせをしたのが十八時。そして今は十八時十分。まだ会って十分しか経っていないのにまさかフラれるとは想像していなかった。

白色のマフラーをあごまで上げた煉也が「まあ」と言葉を濁した。

「前からずっと思っていた。陽葵って俺のこと、好きじゃないよね？」

「え？」

「予定をずらすのはぜんぜん構わない。だけど、その理由が東京で就職するためなんだろ？　そんな話、これまで一度もでてないよな？」

「ごめん……」

「陽葵はなんでも自分でぜんぶ決めてしまう。俺はいつだって決定事項として報告を受けるだけ。東京で就職するなんて、そんな大事なことまでひとりで決めるんなら、俺、いらなくね？」

「……ごめんなさい」

冷たい風が切りつけるように頰をかすめ、夜へと消えていく。

風の行方を探すように見渡したあと、煉也はコートのポケットに手を突っこんだ。

「今までだって一度も好きだと思われている自信がなかった。ごまかしてきたけれど、遠距離になったら、こういうことはもっと増えていくと思う。だから、もう別れよう」

「…………」

不思議と心は落ち着いていた。煉也の言うことはもっともだと思うから。

内定をもらった会社のことですら、煉也には聞かれるまで言わなかった。煉也を好きな気持ちがなかったわけじゃないけれど、じゃあ好きってどんな感情か、自分が煉也に感じている思いはどのくらいか、と聞かれたらよく分からない。

謝るのも違う気がするし、かと言ってほかの言葉も見つからない。

別れるのは悲しいけれど——そこまで考えて、あまり悲しいと思っていないことに驚いた。自分がひどく冷たい人のように思えてしまう。

私の気持ちはすでに東京での生活に向いている。あとは、風子ちゃんへどう話すか、に。

「じゃあ、元気で」

なにも言えない私を置いて、商店街に向かう彼の姿は、すぐに人の波に呑まれて見えなくなった。


我が家のクリスマスパーティは特異だ。

二十四日にクリスマスツリーを皆でセットし、翌日の朝には撤収する。

『長くだしておくと縁起が悪いのよ』と風子ちゃんは毎年力説するけれど、ひな祭りと混同しているのは間違いない。

誕生日会と同じようなメニューがテーブルに並び、そこで一年の振り返りを家族でする。これは忘年会との混同だろう。

昔からそうだから慣れてしまったけれど、今年はちょっと違った。ツリーや料理はでているけれど、風子ちゃんの様子がおかしいのだ。

「十歳の時に陽葵ちゃんがくれたカードがこれ。こっちは十一歳の時のね。このイラストを見てよ。サンタさんのヒゲを青で塗ってる。この頃って服も青色じゃなきゃ着ないって言い張っていた時期よねえ」

はしゃぎながらカードを見せてくる。

「そんなこともあったね」

「この写真懐かしい！　陽葵ちゃん、海に入るのが怖くてずっと砂浜にいたのよ。浮き輪をつけているから大丈夫、って言ってもかたくなに入らなかったのよねえ」

なつかしそうにアルバムを開く風子ちゃん。テーブルの料理は端っこに追いやられ、さっきからずっと家族の歴史を振り返っている。

父が目で合図を送ってくるので、風子ちゃんに気づかれぬようにうなずいた。

昔から風子ちゃんはなにかあると昔の思い出を共有したがる。おじいちゃんが入院した時も、私が友だちとケンカをした時も、父が食中毒になった時もだ。

私が東京で就職すると伝えた日から、風子ちゃんはずっと思い出話ばかりしている。家族の団結をアピールしているんだろうけれど私の決意は変わらない。

早々に部屋に切りあげ、明日からの準備をすることにした。

一泊二日でアパートの内見と契約、そして会社と雇用契約書を交わすところまで済ませる予定だ。保証人は紘一さんがなってくれる。

明日は紘一さんの家に泊まらせてもらうことになっているのでホテルの心配はいらない。夏帆さんがいるおかげでドライヤーなどの大物を持参しなくていいのも大きい。

この予定は父を通じて風子ちゃんにも伝わっているはず。が、今のところ口だししてくる気配はない。

煉也のことが雪のようにちらつく。逆に、つき合っている期間はあまり考えてこなかったことを実感する。

昔からそうだ。意思がはっきりしている風子ちゃんに洗脳され、知らないうちに自分の思考回路が寸断されている。

煉也のことは好きだったけれど、本気だったかと尋ねられると自信がない。あるのは、傷つけてしまった罪悪感で、それだってきっとすぐに消えてしまうだろう。

あんなふうに感情豊かな風子ちゃんに育てられたら情熱的に生きられるはずなのに、私の心の底には冷たい水が流れているような感覚がずっとある。

東京に行けば少しは変われるかな……。

その時、ドタドタと階段をのぼってくる重低音が響いた。

「陽葵ちゃ～ん」

ノックの音が大きくて毎回、ドアが割れるんじゃないかと心配になる。私が返事をするまで勝手にドアを開けないのはえらいとは思うけれど。

「どうぞ」

ドアからぬっと顔だけをだした風子ちゃんの顔がさらに丸くなったように感じる。

「入ってもいい？」

「うん。明日の準備してるところ」

「ふうん」

鼻歌をうたいながら入ってきた風子ちゃんが、しばらくウロウロしてからベッドに腰を下ろした。ベッドが悲鳴を上げるのもお構いなしに、「あーあ」と唇を尖らせた。

「もう今年も終わっちゃうのねえ。毎年、一年がどんどん早く終わっていく気がする」

「子どもの頃って新しいことばかり体験するから、脳裏に刻まれるんだって。そのせいで時間の流れがゆっくりに感じるみたい。大人になるとそうそう刺激もないもんね」

一泊二日なのにトランクがすでにいっぱいになっている。着替えと文庫本、お菓子の一部を減らし、メーク道具を優先した。

風子ちゃんは唇を尖らせたまま部屋を見回した。

「この部屋もすっかり大人っぽくなっちゃったね。陽葵ちゃんが小ちゃい頃は、自分の部屋を怖がって、寝る寸前まであたしたちといたのよ」

あ、ヤバい。また思い出話がはじまってしまう……。

「そうだっけ？　もう忘れちゃった」

忙しいフリでクローゼットを開いてコートを選ぶ。派手な色は好きじゃない私。オセロみたいな色ばかり並ぶ中から、グレーのハーフコートをハンガーごと取りだした。

「なるべくひとりにしないように、保険の仕事も短時間勤務に切り替えたんだから」

「ああ、五歳の時だよね。結局そのあとに辞めたんじゃなかった？」

また誕生日会のことが頭に浮かぶ。ひとりで風子ちゃんの帰りを待っていた時の怖さは今でも覚えている。

「五歳？　そんなことあったっけ？」

首をかしげる風子ちゃん。その時の記憶は抜け落ちているらしく、これまで何度聞いても同じ返事だった。

そんなことはどうでもいい。このまま居座られると大変困るのだ。が、私の心配などどこ吹く風で、風子ちゃんは成人式の日の話をしている。

しょうがない、とトランクを閉じてから風子ちゃんの前の絨毯に座る。

「あのね……明日、早いんだよね」

「うわ、そうなの？　早起きするの大変ねえ」

「始発の新幹線で行くことになってるから今日は――」

「新幹線って言えば、初めて乗った時のこと覚えてる？」

――ダメだ。

核心部分はお互い見えているはずなのに、このままじゃ埒が明かない。

自分から就職の話をしないように父から言われているけれどしょうがない。

「風子ちゃん……東京に行くことを勝手に決めてごめんね」

「新幹線が想像以上に大きくて、陽葵ちゃんギャン泣きしたんだよ。乗るのも嫌がって、せっかく指定席取ったのに次の新幹線まで待って自由席に乗ったんだから」

あはは、と笑う風子ちゃんの瞳がせわしなく揺れている。

「ちゃんと聞いて」と、身を乗りだす。

「相談すべきだったと思う。でも、絶対に反対されると思って言えなかった」

以前はなんでも話せていたはずなのに、いつの間にか動画編集に興味があることや東京で就職することを言えずにいた。この数年、どんどん自分で決めて行動していたことに改めて気づいた。

……煉也の言ったとおりだ。事後報告だけされたら誰だって怒るに決まっている。

「ダメ」

案の定、風子ちゃんは声のトーンを落としてうつむいてしまった。

ああ、これは泣いちゃうパターンだ。感情豊かな風子ちゃんは、笑うのと同じくらい泣く。その合図がこの声色。

「せっかく就職が決まったのにダメだよ」

「通える範囲で映像制作に関わる仕事がないかも探したんだよ。でも、このあたりに私が入れそうな会社はなかったの」

熱海にも映像制作会社はあった。でも新卒の採用予定がなかったり、専門知識の乏しい私にはそもそも応募資格がなかったりで諦めざるを得なかった。

不思議だったのは、熱海第二製菓から内定がでた瞬間に『違う』と感じたこと。自分のやりたいことを見ないフリしたまま就職することに違和感を覚えたのだ。

夏帆さんに相談したところ、紘一さんが社長を務める会社を見学させてもらえることになった。

小さな会社だけど、映像制作を専門におこなっていることが分かってからは、どんどん働きたい気持ちが大きくなっていった。いつか動画編集をやりたいという夢も持てた——。

「東京は人が多いんだよ。陽葵ちゃんには無理だよ」

「伯父さんの会社は江戸川《えどがわ》区にあるの。何度か行ってるけど、そこまで人は多くは――」

「それでもダメなの！」

顔を真っ赤にした風子ちゃんの小さな瞳から、大粒の涙がこぼれ落ちた。

「陽葵ちゃんはここにいるの。ずっとそうしてきたし、これからも変わらない。一緒じゃなきゃダメなんだからぁ」

うわーん、と天井に顔を向けて泣く風子ちゃん。

「東京なんて近いよ。在来線でも行ける距離だし、しょっちゅう帰ってくるから。ね？」

肩に手を置いてなだめても、風子ちゃんはいやいやと首を横に振っている。

「近くないもん。『踊り子』に乗っても八十分、東海道線だと二時間近くかかるんだからっ」

「新幹線ならすぐだって。三十分もあれば行けるし」

「最低でも三十七分。それも滅多に停まらない〝ひかり〟での時間だもん。〝こだま〟だと五十分もかかるんだからぁ。うおーん！」

狼が遠吠えしているような泣き方に変わってしまった。

たしかに熱海駅から新幹線に乗るなら〝こだま〟がメインになる。妙に詳しいのは、そんなこととっくにネットで調べていたからだろう。

と、急にピタリと泣きやんだ風子ちゃんが、「あ」と目を輝かせた。

「分かった。新幹線で通勤すればいいんだ。ここからなら駅も近いし、五十分の通勤時間ならそれほど長くない。寝て行けるからラッキーじゃない。ねえ、そうしましょうよ」

自分のアイデアにうなずいているけれど……。

「あるある。紘一さんの家に行ったことあるよね？」

「紘一さん。大きな家よねえ。でも、紘一さんってお父さんの兄弟とは思えないくらい性格が違わない？　ぶっきらぼうでたまに口を開いたかと思えば嫌みばっかり。あたしはお父さんのほうがやさしくて愛嬌があって——」

「東京駅から江戸川駅に行く方法って知ってる？」

長くなりそうなので割りこむことにした。風子ちゃんは「ん？」とまるで分かっていない様子。

「新幹線を使うなら東京駅で乗り換えて、さらに日暮里《にっぽり》駅で京成本線に乗り換え。それだけで四十分かかるんだって。合計すると乗り継ぎも合わせて二時間は見ておかなくちゃいけないの」

ここから通勤することも考えなかったわけじゃない。けれど、実際に行ってみて不可能だと身を以《もっ》て体験した。

「そんな……。それじゃあどうするのよ。嫌よ。そんなの絶対に嫌なんだから！」

風子ちゃんはまた顔をくしゃくしゃにして泣いてしまう。

そうだよね……。

強い気持ちで決めた東京行きが揺らぐのは、風子ちゃんのせいだけじゃない。煉也に言われたことが尾を引いている。相談もしないで勝手に決めることで、私は気づかないうちに人を傷つけてきたのかもしれない。

だとしたら、ぜんぶなかったことにして内定をもらった会社に入るのがベストなのかも……。親を泣かせているという罪悪感にこっちまで泣きたくなる。

やっぱり無謀だったのかもしれない。

「あのね、風子ちゃん……」

ぜんぶやめるから。そう言いたいのに口がフリーズしたように動かない。

私……やっぱり東京に行きたい。どうしてもあの会社に入りたいの。

つぐんだ口から本音が漏れてしまいそうで、うつむいて耐えるしかなかった。

「ちょっといいかな」

その時、父がドアから顔を見せた。

「お父さあん、ウグッ、陽葵ちゃんがどうじても……ウグッ、東京に行ぐって で……」

すがるように足もとに這っていった風子ちゃんの前に、父はあぐらをかいて座った。

「そうだよ。陽葵は春になったら東京で就職するんだよ」

「嫌なの。あたし、どうしても嫌なのよぉ」

大きな体を揺さぶり、いやいやをする風子ちゃん。

「風子ちゃん」

父が風子ちゃんの顔を下から覗きこんだ。

「これまで陽葵は本当にいい子だったよね。反抗期らしい反抗期もなく、素直ないい子に育ってくれた」

「やだ……。お父さんまであたしを説得しようと……」

「説得じゃない。分かってほしいんだよ」

目が合うと、父はやさしくほほ笑んでくれた。

「親として風子ちゃんは陽葵を大切に育ててきたよね。すごい努力だったと思う。たくさん手紙も渡したよね」

「でも……でもっ！」

「陽葵にもやっと夢ができたんだ。母親である風子ちゃんがその芽を摘んでしまってもいいのかな？」

「お父さん……嫌い」

オイオイと声を上げて泣く風子ちゃんの頭に、父がそっと手を当てた。

「大事な娘の夢をかなえてあげるのが本当の親の務めだと思う。だよね？」

子どもに諭すように話す父に、

「……うん」

震える声で風子ちゃんが言ってくれた。

「よし。それでこそ風子ちゃんだ」

父は私のほうへ体ごと向くと、人差し指を二本立てた。

「陽葵にもふたつ約束してもらいたい。ひとつは、今後大事なことを決める時はできるだけ前もって相談すること。ふたつ目は、紘一兄さんの会社をもし辞めることになったなら、必ず一旦はここに戻ってくること」

やさしい言葉ほど胸にグッと突き刺さる。

「分かりました。風子ちゃん、ごめんね」

「知らない」

プイと横を向いてしまったけれど、もう風子ちゃんは泣いていなかった。

ホッとする分、罪悪感がまた波のように襲ってきた。


不動産屋で契約が終わる頃には、夕闇がすぐそこまで来ていた。

最初に紹介してもらったアパートは勤務先のすぐそばにあり、たしかに家賃は安かったけれど、今にもつぶれそうなほど古かった。

ひとりで不動産屋を営んでいると言った男性は、おじさんとおじいさんの間くらいの年齢。下町情緒あふれる地区に似合いの親切さを発揮して、同じ家賃で新しめのアパートをもう一件紹介してくれたことが今回来た最大の収穫だ。職場から若干遠くはなったけれどなんとか徒歩圏内だろうと、私は即決した。

契約のあとも人の好い不動産屋さんは、アパート周辺のことやこのあたりの治安がよいことなどを説明してくれた。私の住むことになる江戸川駅周辺は人もそんなに多くなく、さらに家と会社が同じ駅のため電車通勤しなくて済むのは非常にありがたい。

これから仕事終わりの夏帆さんと合流する予定だ。江戸川駅の高架下をくぐり、会社のある方角へ歩きだす。

地図で見るとすぐそばに江戸川が流れているそうだけど、住宅街のせいで河川敷は見えない。二十三区内とはいえ、高いビル群もなく自然の多い町という印象。

北風が手足を冷やす。地元と比べても、気温の差は分からない。当たり前だけど冬のにおいもしない。

それにしても道が狭い。駅前なのに一方通行だらけだ。

以前会社に何度か来たことがあるはずなのに、毎回違う道にでてしまう。

夕焼けは真上の空から夜に侵食されていく。それほど雲は流れていないのに雪まで降ってきた。

「初雪……ホワイトクリスマスだ」

東京はあまり雪が降らないイメージだった。

クリスマスの夜にひとりで東京にいるなんて不思議だ。まだ他人の町としか思えないこのあたりも、春になれば思い出が増えていくのだろう。

徐々に雪が激しくなっている。トランクから折り畳みのカサをだしてさした。気温が高いらしく、カサに落ちた雪は滴になって流れていく。

スマホを開くと、風子ちゃんからの不在着信が三件入っていた。メールやＬＩＮＥが苦手な風子ちゃんはなにかと電話をかけてくる。

次に多い通信手段は手紙だ。なにかにつけてもらった手紙はどんどん量が増え、いまや収納ボックスに入りきらなくなっている。

「さっき話したばかりなのに」

カサとトランクを持ちながらの通話は厳しそうだ。夏帆さんに会ってから折り返すことにした。

心配してくれているのはうれしいけれど、風子ちゃんにもそろそろスマホでメッセージを送る方法を覚えてもらいたい。社会人になったら仕事中は電話にでられないだろうし、昼休みに母親と電話をするのもヘンだろう。

トランクの中には今朝、風子ちゃんからもらった手紙が入っている。家をでる時に渡されたものでまだ読んではいない。

向こうから車がやってきたので端に避ける。まだ若干明るいとはいえ、ライトくらいつけてほしいものだ。

しばらく歩くと、遠くに広い道路が見えてきた。ホッとして歩くスピードを緩める。

歩道橋を越えてしばらく道なりに進めば会社が見えてくるはず。右に曲がれば私の住むアパートの方向だ。

——ギギギギギ！

横断歩道のない道路を無意識に渡っていたことに気づくのと、車のブレーキ音が聞こえたのは同時だった。すごい勢いで黒い車が私に向かって突進してくる。

運転手の驚いた顔が見えた途端、足がすくんで動けなくなった。視界一杯に車が迫る。

轢《ひ》かれる……!?

ギュッと目をつむった次の瞬間、すごい力で手を引っ張られた。勢いよく壁にぶつかり、そのまま地面に崩れ落ちた。

怒号の代わりにクラクションを鳴り響かせた車が逃げるように遠ざかっていく。

危なかった……。いびつな形に歪んだトランクが道に転がっているのが見えた。

上半身を起こすと、おもしろいくらい手が震えていた。左手をすりむいたらしく、呼吸のたびに痛みを生んでいる。

視界の端に黒い靴が見えた。その時になって、やっと誰かに手を引っ張られたことを思いだした。

顔を上げると、左側に男性が立っていた。緑色のフード付きコートに黒色のデニムを着た男性は、私と同い年くらいに見えた。きっと彼が助けてくれたのだろう。

「あ、ありがとうございます」

立ちあがろうとする体を止めたのは、男性の表情に違和感があったから。やや長めの前髪の間から見える瞳が、まるで怒っているように見えた。

そうだよね……。いい大人が突然道に飛びだすなんてどうかしている。お礼ではなく謝罪の言葉を口にすべきだった。

私が口を開く前に男性が、

「あーあ」

と、腕を組んだ。呆れているのではなく心から残念そうな声が耳に届く。

思ってもいない反応に戸惑う私を残し、男性は背を向けて歩きだしてしまう。

「あ、待ってください」

ちゃんと謝罪をしないと。

追いかけようとするけれど、さっきの衝撃でキャスターが壊れたらしくトランクが操縦不能に陥っている。その間にも男性はさっさと大通りにでて歩道橋をのぼっていく。

適当にカサをたたみ、仕方なくトランクを抱えて階段を駆けあがった。

「すみません。待ってください」

息も絶え絶えに声をかけると、歩道橋の真ん中あたりでやっと男性は足を止めてくれた。ゆっくり振り向く男性の表情を、雪と夜が隠している。

歩道橋を舐めるように強い風が吹き、彼の前髪を躍らせた。

「あの、助けてくださってありがとうございました」

頭を三秒下げてから顔を上げる。生まれたての白い息はすぐに宙に溶けて見えなくなる。

どれくらいそうしていただろう。ゆっくりと私に近づいた男性が、白い息が交わりそうなほど近くまで来て足を止めた。

分け目のない黒髪は細く、雪が蛍のように止まっている。鋭角の眉に対し、人懐っこそうな大きな瞳、高くはないけれど形のいい鼻に涼しげな口もと。

イケメンというよりかわいらしい印象を抱いた。

「助けたくなかった」

つぶやくように彼は言った。

「え……？」

どういう意味？

戸惑う私から視線を落とし、男性は大きく息を吐いた。雪と一緒に重い空気も降っているようだ。

「誰かに触れるとろくなことにならない。だから、助けるべきじゃなかった」

意味不明だった。

おかしな人に助けられたのかも……。追いかけたのは間違いだったかもしれない。

だけど、彼の言葉はあまりにも苦渋に満ちている。

「あの……」

と尋ねた途端、彼は驚いたようにあとずさってしまった。

「僕に触れないで」

怯えたような瞳が左右に揺れている。

「え……もしかして、ケガをされたのですか？」

私を助けた時に負傷してしまい、触れただけでも痛みがあるのかもしれない。

「このあたりに病院はありますか？　私、ぜんぜんこの辺分からなくて……あっ」

検索しようとスマホを取りだすと、ちょうど風子ちゃんから何度目かの電話が来ていた。

今はそれどころじゃない、と再びスマホをしまった。

「すみません。なんでもないです。あ、なんでもないというのは着信のことで――」

慌てる私に彼は冷静さを取り戻したらしく、「違うよ」と首を横に振った。

「ケガはしてないし、君のほうがひどい状況に見える」

歩道橋に転がるトランクに目を向けている。

「本当に申し訳ありませんでした」

「いいよ。とりあえず今年は助かったのだから」

彼は歩道橋の手すりにもたれると、空に顔を向けた。降る白はさっきよりも弱まっている。

どうしていいのか分からず、私は歩道橋の下に目をやった。車のライトが流れ星のように地上を走っている。

立ち去るべきだと分かっている。だけど、男性が言った言葉が私を捕らえて離さない。

『とりあえず』ってどういう意味？　『今年は』のほうも気になる。

「これから話すことを、きっと信じられないかもしれない。でも、視えてしまったから伝えておくよ」

　ひょっとして、初対面の人に告白されるの……？

　思ってもいなかった展開に息を呑む。が、そんな想像は男性の表情を見てすぐに飛び去った。私を見つめるにその瞳に、深い悲しみが宿っている気がしたから。

「昔から誰かに触れると、その人の運命が視えてしまうんだ。だから、人と関わりを持ちたくなかった」

「運命……」

　突拍子もない話なのに、彼から目が離せない。

　そして彼は静かに言った。

「四年後の冬、君は死ぬ」

と。

陽葵へ

お母さんには子どもの頃から夢がひとつだけありました。

それは母親になることです。

お父さんとの出会いは、まるで運命のようでした。
出会った瞬間に、この人と結婚すると分かったのです。
両親に反対されたり、お金がなかったり、ほかにもたくさんの試練がありました。
けれどあなたが生まれた瞬間に気づきました。
これまで歩んできた道が正しかった。
そう思えるほどの幸せに包まれたのです。
そんな陽葵が旅立ちに向けて準備をはじめたことを、うれしく思っています。
親もとを離れての生活は不安だと思うけれど、きっと陽葵なら大丈夫。
あなたの歩む道をずっと応援しています。

母より

幕間

冬は白色のイメージだった。
舞い落ちる雪を手のひらに乗せる時、誰もが自然に笑みを浮かべる。
やがて街は白く染められ、同じ色の息を吐きながら人々は帰路を急ぐ。

でも僕にとっての冬は、漆黒の闇に侵された世界。
自分の影さえ塗りつぶされ、目を開けているのかさえ分からない。
見ることをやめ、手探りで歩くことを諦めてしまった。

やっと孤独にも慣れたはずなのに、この冬、君は突然現れた。
もう一度誰かを救うことなんて、僕にはできない。

だから僕は目を閉じる。
なにも見ないように、二度と傷つかないように。

一年目／君に会うのは、いつも

東京映像研究所に入社して初めての冬が来た。

大学のサークル名みたいな会社だけど、総従業員数は百名を超えるそうだ。そうだ、というのは、所属する映像制作部以外のスタッフとは数回程度しか会ったことがないから。

紘一さんが友人たちと興した合同会社は、いくつかの部署が都内に点在している。企画演出部は東京駅のそばにオフィスを構えていて、プロデュース部は大手広告代理店の中に間借りしている。撮影班は新宿にあり、ドローンの需要が増えたおかげで人手が足りないとオンライン会議の議事録に記してあった。

私の所属する制作部は社長——北織紘一さんの自宅のある江戸川区にあり、パート勤務を合わせても従業員は十二名。社長はほかの会社も経営しているが、家が近いこともあり、週に二度程度は江戸川オフィスに顔をだす。

常駐している社員は、主任で社長の娘である夏帆さんと副主任の冴木《さえき》航《わたる》さん、ベテランの野田《のだ》杏香《きようか》さんのみ。事務職員として採用された私の面倒は、この事務所ナンバー2の夏帆さんが見てくれている。

残りの社員はリモート組で、コロナ禍の前からそうだったらしい。あとはパート職員で構成されている。

基本は各部署から届く映像や資料をまとめ、外注したり専属クリエイターに制作を依頼する仕事だ。でも動画の一部はリモート組を中心に自社内で編集している。

オフィスはさほど広くない。廃業したコンビニをリノベーションして使っており、駐車場は広いけれど、デスクの間隔はかなり狭い。受付や応接室も臨時でこしらえたような造りだ。

社会人になってもう八か月も経つなんて信じられない。毎日覚えることばかりで、何度もくじけそうになったけれど、入社時と比べれば少しはマシになったような気もしている。

そんな、十二月。

「お疲れ様です」

契約から戻ってきた夏帆さんが、マフラーを外しながら声をかけてきた。

「お疲れ様です。電話が二件入っています」

入社した当時は相手先の電話番号を聞き忘れたり、折り返しの有無を聞かなかったりと散々だった。今では電話用のメモを作成し、漏れがないように気をつけられるようになった。

「ありがとう。これ、新規の契約書の処理をお願いできるかな。チョコレートをいただいたから半分こしようね」

夏帆さんの栗色の髪はひとつに結んでもキューティクルが輝いている。さりげないメークが透明感を演出していて、スタイルだってうらやましいほど。さらに性格もよいとあれば、憧れないわけはない。

私の肩の下あたりまで伸びた髪は、鏡で見ればそれなりだけど、写真で見るとパサパサに見える。

「陽葵ちゃん、なにか仕事で困ってることない？」

ほら、こういうやさしさだって素敵すぎる。

「ちゃんづけだと、また社長に怒られますよ」

こそっと耳打ちすると、夏帆さんはクスクスと笑った。

「あの人、頑固だからね。でも陽葵さん、なんて呼びにくいもの。普段みたいにタメ口で話をしたいのにな」

チラッと奥にある社長のデスクを見ると、今日は来ていて気難しい顔で電話をしている。社長は五十五歳、白い髪をうしろに流し、眉間に深いシワを刻んでいる。

紘一さんは昔から堅物で怖い印象だったけれど、入社してからはより実感している。たまに怒鳴ったりもするけれど、今のところ私がターゲットになったことはない。

家族経営で北織の姓が三人いるため、社内では紘一さんのことは〝社長〟、私たちのことは下の名前で呼ぶように言われている。

デスクに着いた夏帆さんが電話をかけはじめたので、私も自分の作業に戻る。事務職員の肩書きでも、小さなオフィスなので雑用も一手に引き受けている。

今は外注先から上がってきた動画をチェックしているところ。

あの『ステキムテキチャンネル』の最新動画だ。最初は感動に震えたけれど、今では完成チェックがすっかり仕事のひとつとなっている。納期までに完成度の高い動画を納品しなければならない。

ヘッドフォンをつけてチェックをしていくが、開始五分でテロップが途切れている。この調子で修正を見つけ、直して戻したら今回も動画の完成は納期ギリギリだろう。

うちの部署では配信用の動画編集だけでなく、ＰＲ動画、結婚式用の動画なども請け負っている。私の仕事は上がってきた動画のチェックなので、リアルタイムで完成直後の動画を見られて楽しい反面、締め切り間近でミスを見つけてしまった日には申し訳ない気持ちになる。

早く私も動画編集ができるようになりたい……。そうすれば自分で修正できる箇所も多少はでてくるだろう。

入社してしばらくは余裕がなかったけれど、先月から通信講座で動画編集を学びはじめた。提出課題が多い講座だけど、毎回知識を得ることができている。

「陽葵さん、この動画チェックってお願いできるかな」

向かい側のデスクでモニターからひょっこり顔を覗かせているのは冴木航さんだ。

「はい。伺います」

冴木さんの隣のデスクは以前辞めた社員の席で、今は空いている。冴木さんになにか用事を頼まれた時はそのパソコンを使うことにしている。ヘッドフォンを手に席に着き、社内共有フォルダを開いた。

「撮影班から結婚式用動画のフッテージが上がってきたんだけど確認してもらえるかな。ストボとちょっと違うみたいで、実景は追加撮影する予定」

フッテージは動画素材のこと。ストボはストーリーボードのことで、絵コンテの細かいバージョン、実景は実際の風景の略で、人物のいない映像のこと。

働きはじめてから八か月、専門用語も少しずつ理解できるようになってきた。

「分かりました」

この素材は先週には届いているはずだったものだが、悪天候により撮影日を変更したと聞いている。

「急でごめんね」

自分のせいじゃないのに冴木さんはいつも気を遣ってくれる。

冴木さんは二十八歳。ＩＴ系の企業から転職してきたそうだ。身長が高くスーツがよく似合っている。いつもニコニコしていて、パートさんからの人気も高い。やわらかそうな黒髪にやさしい瞳、すっと通った鼻筋と口角が常に上がっている口もと。正直、結構かっこいい。

あまり見つめているのもヘンだろう、ヘッドフォンをつけて動画を確認していく。

動画にはクリスマスに結婚式をするカップルが映っている。ふたりで公園を歩いたり、海辺で向かい合って見つめ合ったり。画面越しにもまぶしいほど幸せオーラを放っている。

自分の結婚はまだリアルじゃないけれど、憧れはある。私もこういう動画を撮ってもらって華やかな式にしたいな。その時、隣には誰が立っているのだろう……。

ふと気づくと、さっきまでコピー機で作業をしていた野田杏香さんが斜めうしろに立っていた。三十八歳という野田さんとは、これまであまりしゃべったことがない。

野田さんはよく言えば静かな人で、悪く言えば愛想のない人。無造作に髪をひとつに縛りノーメークが通常モード。制服がない部署なのに、わざわざ他部署で使っている紺色のスーツを譲ってもらい着用している。

うちの部署唯一の創業メンバーだが役職に就くのを断り、毎日定時になると誰よりも早く退社していく。

「素敵な動画ですよねー」

ヘッドフォンを外して振り向くと、野田さんはつまらなさそうな顔で画面を見ていた。

「そう？」

愛想のない返答にもすっかり慣れた。

「うらやましくないですか？　こんな動画が結婚式で流れたら泣いてしまいます」

「私はそうは思わないね」

ズバッと言ったあと、野田さんはデスクに置いてあるスケジュール表を手に取った。

「結婚式なんてただの自己満足。言い換えると新郎新婦の承認欲求の塊。よりにもよってクリスマスに式を挙げるなんて非常識すぎる」

もうこの時点で、野田さんとの会話は、最長記録を更新している。

「ひょっとしたら身内だけで挙げるのかもしれませんし……」

「だったらこのナレはいらないでしょ」

私の手もとにスケジュール表を置き、ナレーション部分にネイルの塗っていない裸の指を置いた。

「えっと……。『本日お集まりいただいた百二十名の皆さまとともに――』、本当ですね」

「クリスマスに時間を取られてご祝儀までだして、人様の幸せを見せつけられる。逆にお金をもらいたいレベルだわ」

結婚式にトラウマでもあるのだろうか……。

返答に困っていると、「まあまあ」と冴木さんが間に入ってくれた。

「考え方は人それぞれですし。俺たちとしては、動画を観た人の心になにかひとつでも残せれば大成功ですよ」

「仕事だしね」

そっけなく口にしたあと、野田さんは自分のデスクに戻っていった。

ホッとするのと同時に、冴木さんのやさしさに触れた気がして胸がドキドキした。

「ありがとうございます」

恥ずかしくてヘッドフォンをすぐに装着する。

ひととおり見終わると、画面の右側にストーリーボードを表示させてチェック作業に入る。たしかに素材が若干足りていない。依頼をかける前に、最低限の追加撮影で済むようにストーリーボードを修正しておく必要があるだろう。

ふと気づくと、冴木さんが口をパクパク動かして私になにか言っている。

「すみません。夢中になってました」

「邪魔してごめん。自販機に行くけどなにかほしい物ある？」

「あ、私が行きますよ。ブラックでいいですか？」

冴木さんを制し、夏帆さんにも聞こうと思ったけれど、いつの間にかでかけてしまったらしく姿が見えない。相変わらず社長は電話中だし、野田さんは水筒を持参している。

財布を手に自動ドアから外にでて、オフィスの東側に設置されている自動販売機に向かう。十二月になり急に寒くなったけれど、やけに頬が熱い。

気にしないように努めていても、小さい会社だから冴木さんとは顔を合わせてしまう。冴木さんは新人の私にやさしくしてくれているだけ。親もとを離れ、ひとり暮らしをはじめたさみしさも原因のひとつなのだろう。

そう自分に言い聞かせても、意識する自分を止めるのが難しい。

煉也との時は告白されて流されるようにつき合った。こんな胸の高鳴りもなかったし、友だちの手前、授業中はもとよりゼミの時ですら隣に座ったりはしなかった。

スマホが着信を知らせた。ああ、風子ちゃんだ。仕事中はでられないとあれほど言ってあるのに毎日のようにかけてくる。

「もしもし」

自販機にお金を入れながらでると、『ひゃあ！』と大音量で驚く声が聞こえた。

『陽葵ちゃん!?　なにかあったの!?』

「風子ちゃんが電話してきたんでしょ」

『いつもはでないじゃない。なにかあったの？　まさか、病気で休んでるとか？』

あいかわらずの風子ちゃんに苦笑してしまう。でもここで譲ってはダメだ。

「あのね、前から言ってるけど、仕事中に電話されると困るの。お客様からの電話もあるし、毎回ドキッとしちゃうんだよ」

『あのね、前から言ってるけど、紘一さんに仕事用のスマホを買ってもらうべきだと思うの』

同じ言い回しでアドバイスしてくる風子ちゃん。

「名目上は事務職員だって言ったでしょ。動画の編集をさせてもらえるようになったらもらえるはず。ていうか、今も勤務時間で、こういう話をしてる時間がないの。せめて家に帰ったくらいの時間に電話してくれる？」

『ああ……陽葵ちゃんも立派な社会人になったのねぇ』

「そうじゃなくて――」

『あたし毎日感動してるの。陽葵ちゃんの会社が作った動画って結構あるでしょ？「ムゲンチャンネル」だって毎回チェックしてるのよ』

ダメだ。あいかわらず人の話を聞いてくれない。そもそもチャンネル名が違っているし。

あたたかいブラックコーヒーのボタンをいつもより強く押す。

次は自分の分だ。小銭がないので千円札を投入する。

『最近は仕事の悩みはないの？』

風子ちゃんが心配そうな声で聞いてきた。

質問に答えないと電話を切ってくれないことは身に染みて分かっている。悩みがないことはないけれど、原因は知識が追いつかないせいだと自覚している。

なんて答えるべきかを迷っているうちにドリンクを選べず時間切れになったらしく、自販機は千円札を吐きだしてしまった。

「仕事ではないけど、社会人って大変だなって。動画編集の勉強をしたいんだけど、仕事のあとは疲れて眠っちゃうし、休みの日もだらだらしているうちに終わっちゃうんだよね。免許も取ったはいいけど、車がないから練習できてないし」

私の回答は正解だったようで、悩みを聞けて安心したらしく、

『また手紙を送るからね』

そう言って風子ちゃんは電話を切ってしまった。

きっとこれから手紙を書くのだろう。じとーっとスマホを眺めていると、自動ドアが開く音がした。

「あ、いたいた」

冴木さんが寒そうにポケットに手を突っこんで駆けてきた。

「遅かったから心配になって。ひょっとして小銭がなかったのかなって」

「違うんです。風子ちゃ……母親からまた電話が来ちゃいまして……」

赤い顔がバレないように取りだし口に手を伸ばす。

「そうだったんだ。ありがとう」

宝物のように缶コーヒーを抱く冴木さんがかわいらしい。

もう一度千円札を呑みこませようとする前に五百円玉を投入されてしまった。

「こっちは俺のほうのおごりってことにしよう」

「あ、ありがとうごじ……」

お礼すらうまく言えない私に冴木さんが白い歯を見せて笑った。

「それにしても陽葵さんの家って変わってるよね。お母さんのことを名前で呼ぶなんて」

ぺこりと頭を下げ、ホットビタミンドリンクのボタンを押した。お釣りを返しながら、風子ちゃんの顔を思いだす。

「気づいたら名前で呼ばされていた感じです。友だちがいる時はさすがに恥ずかしくて『お母さん』って呼んだりもしてたんですけど、そういう時はガン無視するんですよ」

「おもしろいねえ。友だち親子みたいでいいよね」

「ストーカーと言ったほうがふさわしいかもしれません」

「ぶほ！」

コーヒーを噴きだしそうになる冴木さん。お腹を抱えて笑っている姿に、また見とれてしまいそうになる。

この距離感でいなくちゃ……。ずっと自分に言い聞かせている。好きな気持ちがあったとしても、この小さな会社で行動を起こしてはいけない。

うまくいこうがいくまいが、社内恋愛は一緒に働く人たちにとっては迷惑以外の何物でもないから。

自動ドアの前で冴木さんが振り向いた。

「今度の忘年会って参加するの？」

「はい。もちろんです」

第三週の金曜日にこの部署だけの忘年会が実施される。その日は私の二十三歳の誕生日だけど、忘年会も仕事のうちだ。

風子ちゃんはまたも誕生日に実家に帰らせる気満々らしいが、翌日でもいいだろう。

「陽葵さんが参加するなら俺も行こう」

そんなことを言う冴木さんに、また頬が熱くなっていく。

オフィスに戻る冴木さんの背中を見送ってから胸にそっと手を当てた。べつに深い意味はないと分かっていても、心が騒いでいる。

期待していいの？

去年していた恋とはまるで違う。でも、誰にも気づかれないようにしないと。今は恋よりも仕事をがんばる時期なのだから。

動画のチェックに戻ると、画面の中のふたりがさっきよりもキラキラと輝いて見えた。

江戸川駅を悪く言うわけじゃないけれど、ファッションに関しては弱いエリアだと思う。近隣にショッピングモールがないのだ。

それなのに、夏帆さんが着ている洋服は清楚でいて高級感があるものばかり。特に最近着ているモスグリーンのコートがうらやましい。

意を決してブランドを尋ねたところ、日曜日である今日、買い物につき合ってくれることになった。

意外にも連れてきてくれたのは京成本線で江戸川駅の隣駅である国府台《こうのだい》駅そばにある個人経営の店だった。住宅街の中にポツンとあり、二階は住居になっている。

「ここはね、個人で輸入した服を扱っているセレクトショップなの。……これなんて陽葵ちゃんに似合うと思うんだけど」

夏帆さんが着ているのとはデザインが少し違うコートを体に当ててくれた。店員さんは高校時代の友だちらしく、少し離れた場所でニコニコしている。

そばで説明されるのが苦手なのでありがたい。

そっと値札を見ると思ったよりも安価でホッとした。

「内緒だけど二割引きにしてもらえるから」

「え、いいんですか」

「友だち価格なの。でも、私はこっちの同じコートでもいいと思うんだけどな。双子コーデに憧れてるし」

ありがたい申し出だけど、さすがに夏帆さんと同じコートを買うのは遠慮し、最初に見た物を購入した。夏帆さんはマフラーを買っている。

店内の奥はカフェスペースになっていたので、コートの会計を済ませたあとふたりでコーヒーを飲む。

「もうすぐ仕事納めだよね。年末年始は風子さんのところに帰るんでしょう？」

フーフーとカップを吹く夏帆さんに、

「じゃなくて実家に帰るの」

と訂正した。

「え、私なんて言ったんだっけ？」

「風子さんのところ、って言ったよ」

プライベートでは敬語を使わなくていいので気楽に話ができる。

夏帆さんは「いけない」と右手で口を押さえた。その仕草すらかわいらしい。

「風子さんの家、久しぶりに行きたいなあ」

今度は『風子さんの家』って言っている。夏帆さんが天然なのは昔から変わらない。

「あいかわらず電話はかかってくるの？」

「仕事中も構わず。夜は毎日のように鳴ってる」

「昔から風子さんは、陽葵ちゃんのことを大事にしてたからね。私はうらやましいけどな。

社長なんて、家でも仕事でもムスッとしっぱなしだから」

自嘲気味に笑う夏帆さん。社長は普段は無口だけど急に怒ったりする。けれど、私が就職に悩んでいた時にはさっと手を伸ばしてくれるような行動力のある人でもある。

「家でも『社長』って呼んでるの？」

「入社してからだね。悪《あ》しき慣習だけど言い換えるのがめんどくさいし」

にっこり笑う夏帆さんは休日用のメークも相まってさらに美しい。艶やかな髪がうらやましくてトリートメントの仕方とおすすめのヘアオイルを教えてもらったけれど、とても夏帆さんみたいには仕あげられずにいる。

「陽葵ちゃんもうすぐ誕生日だよね？　これ、プレゼント」

夏帆さんがさっき買っていたマフラーを渡してきたので驚いてしまう。

「えっ!?　私に？」

「本当は当日に渡したかったんだけど、忘年会と重なってるでしょう？　不参加でいいよって言ってあげたいんだけど、社長があんなんだからでたほうがいいと思う。本当にごめんね」

「ううん。でも、いいの？　すごくうれしい」

薄いピンク色のマフラーを袋から取りだし、さっそく首に巻いてみる。どうりでさっき好きな色を聞かれたわけだ。まさか自分の誕生日用だなんて思ってもいなかった。

「陽葵ちゃん、普段割とおとなしめの服じゃない？　こういう明るい色も絶対に似合うよ。

もっと派手な色でもいいくらい」

　改めて自分の服装を見るとマフラー以外は相変わらずのモノトーンで恥ずかしくなる。夏帆さんのようにキレイなら私ももっとがんばれるんだけどな。

「これからもいろいろ教えてね。夏帆さんは私のファッションリーダーだから」

「ファッションリーダー？　ふふ、うれしいな」

　そう言ったあと、夏帆さんはコーヒーカップを静かに置いた。

「そういえば冴木さんから陽葵ちゃんの誕生日を聞かれたけど、個人情報だからって断っておいたから」

　その名前に胸がドキンと音を立てた。

「あ、うん」

「あの人、陽葵ちゃんのこと狙ってるかもよ」

「そんなことあるわけないじゃないですか」

　今度はすぐに反応することができたが、敬語になってしまう。

「私の直感って結構当たってることが多いんだけどな」

「ただ親切にしてもらっているだけだよ」

　苦い顔を作ってみせるが、なおも疑うように私の顔を覗きこんでくる。

「本当に冴木さんとはなんでもないの？」

「今は仕事を覚えるだけで精一杯。それに、入社の時に社長が口を酸っぱくして言ってた

はなかったけれど、今思えばかなり失礼な人だ。

普通、初対面の人にあんなことは言わないだろうし、言い捨てもひどい。宗教とか、マルチ商法の人ということも考えられる。『死を逃れるためにはこれを買うのです』とか言って壺を売ってくるパターンかも。

この一年間、なにかにつけてあの言葉を思いだしてしまった。解けない呪文をかけられたような気分だ。

「でもな……」

歩道橋の階段をのぼりながら考える。危ないところを助けてもらったのは事実だし……。予言どおり死ぬとしたら、残された期間はあと三年しかない。

歩道橋の上に立ち車道を見おろす。今年は例年よりも寒く、もらったばかりのマフラーが暖かい。

――夏帆さんは、冴木さんのことが好きなのかな。

さっきの夏帆さんはいつもと違った気がする。私に見せたぎこちない笑顔がどうしても気になってしまう。

本当に聞きたいことはいつも聞けない。もしもそうなら早く諦めないと。そう思う時点で、恋をしている証拠だった。

これ以上冴木さんを好きになりたくない。今の自分の目標はまずは動画を編集できるようになることだし、夏帆さんとの関係がおかしくなるのも避けたい。

マフラーみたいに、想いも簡単に取り外しができたらいいのに。

暗い気持ちを振り切る。今日はまっすぐ帰ろう。通信教育で受講している動画編集講座の課題にも取りかからないといけない。

と、向こうから緑色のカサを差した男性が歩いてきた。ハイネックセーターの上にカーキ色のチェスターコート。

カサをずらした男性が私を見て足を止めた。ここで去年会ったあの男性だった。

驚く私に反して、彼は嫌そうに顔を歪めた。たしか出会った時にも同じようにため息をついていたっけ。

『助けたくなかった』

そんなことを言っていた気がする。

「あの……。去年助けてくれた方ですよね？」

恐るおそる尋ねると、やっぱりため息で返してきた。

「鶴の恩返しみたいな台詞だね」

「そういう意味じゃ……」

「やっぱり触れてしまうと、運命に巻きこまれるってことか……」

「え？」

意味の分からない言葉に「ううん」と首を振った男性が、

「こっちの話だから気にしないで」

そう言って歩きだしてしまう。

あの日と同じようにうしろ姿が雪に紛れていく。これで会えなくなってしまったら、なにかにつけてまた思いだすことになる。

「待ってください」

呼び止めると彼はゆっくりと振り向いた。

「私、北織陽葵と申します。去年はありがとうございました」

「べつに……もういいよ」

「あの時に言われた言葉がずっと気になっていたんです。私の……私の死ぬ運命が視えたというのは本当なんですか？」

男性に近づくと、同じ幅であとずさりをされてしまう。触れられることを恐れているのだろう、一定距離を崩さない。

しばらくの膠着状態のあと、男性は諦めたようにカサをたたんだ。いつの間にか雪は上がっていたらしく、歩道には濡れた跡が残っているだけ。

しばらく逡巡するように視線を散らしたあと、「僕は」と男性は言った。

「普通じゃないんだ」

「普通じゃない……？」

「人に触れるとその人の運命がぼんやりと視えてしまう。だから普段は人と関わらない生活を送っている」

欄干にもたれた男性が、パーの形に広げた手を向けてくる。

近寄らないで、と言いたいのだろう。

「僕にとって、冬はただの暗闇なんだ。春になることを願っているけれど、永遠にこの季節をループする……って、ごめん、よく分からない話してる」

自嘲気味に笑ったあと、男性は「でも」と続けた。

「この能力のおかげで大切な人を守れたこともあるから、無駄だとは思っていない」

なにを言えばいいのか分からないまま、冷たい風にあおられないように身を小さくする。

「君には――陽葵さんには一度触れただけ。だけど、たしかに四年後に死ぬ運命が視えた。今からだと三年後だね」

「……あの事故で本当は死んでいたという意味ですか？」

「それは違う。あの時僕が助けなかったら無傷で済まなかったかもしれない。でも、運命が示しているのは四年後だった。まあ、大けがをしたことを苦にして四年後に死んだかもしれないけど、まったく違う理由で心を病んでしまうのかもしれない」

突拍子もない話なのに、笑い飛ばすこともできない。男性の口調はあまりにも悲しみに満ちていて、嘘をついているとは思えなかった。

「死は二種類あるんだ。肉体的な死と精神的な死。どちらになるかは分からないけれど、このままじゃ君は三年後に確実に死んでしまうだろう」

心臓がじくりと嫌な音を刻む。

聞きたいことはたくさんある。でも、詳しく聞いてしまったらそれこそずっと引きずることになるだろう。

足もとから這いあがってくるのは、寒さだけではなく恐怖。

男性がゆるゆると首を横に振った。

「これじゃあ不安にさせるだけだね」

「いえ……」

「僕の名前は網瀬《あみせ》篤生《あつき》。運命はやっかいでね。多分、これから冬になるたびに君と僕を会わせようとする。僕にできることがあれば……」

言いかけた言葉を途中で止めた篤生さんが、「ふ」と小さく笑った。

「なんでもない。こんな話をして、本当にごめん」

そう言って返事を待たずに去っていく篤生さんを、私は見送ることしかできなかった。

陽葵へ
社会人になってもうすぐ一年ですね。
仕事は順調ですか？

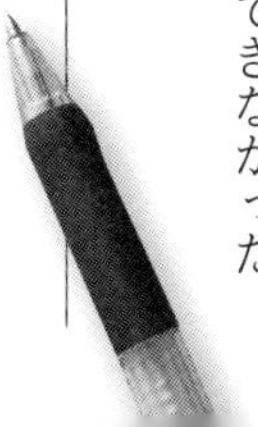

お母さんが初めて就職をした日のことを思いだします。

右も左も分からなくて、毎日大変でした。

アルフレッド・アドラーが唱えた心理学でこういう言葉があります。

『人間の悩みは、すべて対人関係の悩み』

人は誰も社会とのつながりの中で生きています。

そもそも『人間』という字は、『人の間』と書きます。

誰かと関わることを恐れないでください。


お母さんの経験から言うと、社会におけるもっとも大切なことは『挨拶』です。

社内の人だけじゃなく仕事関係の人へも元気に挨拶をしてください。

もしも、苦手な人がいたとしたら、あえてその人といちばん会話をするようにしてみて。

相手を知ることで見えてくることがあるはずです。

なんて、陽葵ならきっと言われなくてもできていますよね。

陽葵の心と体が元気でいることを願っています。

母より

忘年会の開催場所は居酒屋だと思いこんでいたけれど、仕事終わりに皆で移動した先はまさかの社長の家だった。

「忘年会は自宅《うち》でやることになってるの。店でやるほうがいいに決まってるけど、〝社長のご意向〟だから」

夏帆さんが冷蔵庫から冷えたビール瓶を取りだしながら説明してくれた。

「困ったものよね」と、伯母さんがあとを引き継いだ。

「陽葵ちゃんにまで手伝ってもらってごめんなさい」

大量の唐揚げを揚げる伯母さんは、冬とは思えないほどの汗を額に浮かべている。

白いほっかむりを被る姿はまるでお手伝いさんみたい。昔から家にいる時はこのスタイルだったから私は違和感はないけれど、よく考えたら伯母さんは社長夫人なわけで……。

「とんでもないです。こちらこそお手伝いできてうれしいです」

そう言うと伯母さんは「まあ」と少女みたいに笑った。

「この前までオムツをはいてた陽葵ちゃんがこんな立派なことを言うなんて」

実家のキッチンの三倍はあろうかという広さ。私もこちらを手伝いつつ、さっきから料理を運ぶためにリビングを往復し続けている。

その時、キッチンのドアが開き、眉をしかめた社長が「おい」と夏帆さんに言った。

「ビール」

そう言うとすぐに戻っていく。仕事中でも社長は短い言葉で指示をだすことが多いけれど、ここは家なのに。

「……自分で持っていけばいいのにね」

こそっと耳打ちしてから夏帆さんは小走りにリビングへ向かった。

「陽葵ちゃんも向こうにいてくれて大丈夫よ。お腹、空いてるでしょう？」

「大丈夫ですよ。伯母さんこそ休憩してください」

伯母さんは最近肩こりがひどいらしく、料理中も何度か首のあたりに手をやっている。社長は出前やテイクアウトを許さないらしく、伯母さんは朝からずっと宴会の準備をしていたようだ。

実家でも料理はほとんど手作りのものばかりだったけれど、当たり前のように父は風子ちゃんを手伝っていた。同じ兄弟でも考え方には差があるようだ。

「私は慣れてるから平気なの。それに、ここにいたほうが気を遣わなくて済むからね。あ、気を遣うのはスタッフの皆さんじゃなくて主人に、よ。さあ、いってらっしゃい」

タオルで汗を拭いながら伯母さんは笑っている。その気持ちは少し分かる。私もこうやって手伝いをしていたほうが気は紛れる。

ふと、先日風子ちゃんからもらった手紙を思いだした。

読書が苦手な風子ちゃんがアルフレッド・アドラーを知っているわけがない。きっとテレビの受け売りだろう、と笑ってしまった。

手紙には、挨拶と会話が大切だとあった。

あれ以来挨拶は意識して積極的にしているけれど、野田さんには自分から話しかけてはいない。苦手なわけじゃないけれど、どう接していいのか分からないのだ。

唐揚げをリビングに運ぶと、夏帆さんがビールをついで回っていた。リビングにはホームシアターかと思うほどの大きなテレビと革張りのソファ、大理石のテーブルが鎮座している。

スタッフはソファにでんと腰かける社長の周りに集まっていて、その中には普段リモートの社員もいるし他部署の幹部らしき人も数人いる。

あいかわらず社長は難しい顔をしていて、笑い方を知らないロボットに見えた。

野田さんは大理石のテーブルの端でウイスキーを飲んでいた。〝自称制服〟の上にカーディガンを羽織っている。

対角線にあたる席ではパートさんふたりが子どもの話をしていた。

どこに座ろうか、と迷いながら手紙を思いだして「あの」と野田さんに声をかける。

「隣に座っても大丈夫でしょうか？」

「お好きに」

そっけない返事に早速くじけそうになる。

「同じの作る？」

グラスを傾けて見せる野田さんに首を横に振る。

「お酒、ダメなんです」

「そう」

それだけ言うと野田さんはもう私には興味をなくしたように前を向いてしまった。おずおずとグラスを取り、ペットボトルのウーロン茶を注ぐ。

さて、なにを話せばいいのだろう。野田さんと仕事以外の会話なんて、話題がない。この前聞いた彼女の結婚式観だけだ。

風子ちゃんみたいにコミュニケーション能力の塊ならば、いくらでも会話は生まれるだろうけれど、私は真逆な性格。

「あの……」と言ったっきり続く言葉は浮かんでこない。

「氷、取ってくれる？」

「どうぞ」

「唐揚げも」

「はい」

一応これも会話とみなされるのだろうか。動画編集だけでなく、コミュ力を高めるような勉強もするべきかもしれない。

もそもそと自分の分の唐揚げをほおばっていると、

「つまんないでしょう？」

野田さんが壁に目を向けたまま言った。

「え……いえ、会社の忘年会は初めてなので楽しいです」

「そうじゃなくて、私のこと。つまんない人間だと思ってるよね？」

「そんな……」

野田さんは口の中で小さく笑う。

「こんな質問されても困るか。でも自分でもつまんない人間って思ってるから。前に結婚式について話をしたことを覚えてる？」

「もちろんです」

人の結婚式にはでたくないと言っていた。

「これでも反省してるんだよね。これから結婚するあなたに余計なことを言っちゃったなって。ああいうことを平気で言うからダメなんだろうね」

「そんなことないです。それに、結婚の予定なんてないですし」

「今だって早く家に帰りたいからこんな格好だし。忘年会なんて言っても結局は社長をおだてるための会。仕事だよ、こんなの」

風子ちゃんの手紙にあったように、野田さんを知れば苦手じゃなくなるのかな……。でも、今のところ、とてもそうは思えない。

もっと自分から会話をしなくちゃいけないのかもしれない。

「野田さんはつまらない人間なんかじゃありません。たしかに結婚式の話は私にはない考え方だな、とは思いましたけれど。でも仕事ではいつもすごく助けてもらっています」

無口だけど自分の仕事はいつもきっちりこなしている。余裕がある時は、外注データのチェックを済ませておいてくれることもある。

「定時で帰りたいから必死でやっているだけ。私――シングルでさ、娘がひとりいるんだよ」

カランとグラスの氷が鳴った。

「できちゃった結婚でね。しかも式直前に相手が逃亡。籍も入れないまま、もう娘は八歳になった――って、またつまんない話をしてる」

グイとグラスをあおると野田さんは席を立った。

「娘が待ってるから帰るわ。お疲れ様」

バッグを手に社長のもとへ行き、野田さんは頭を下げている。社長は興味がなさそうに軽くうなずくと隣に座る冴木さんとの会話に戻った。

なにも言えなかった。娘さんのことを聞くとか、学校のこととか、冷静になれば質問はいくらでも思いつくのに、驚いた顔のまま固まるだけなんて。

追いかけることもできたけれど、娘さんを待たせていると聞いたばかりだし……。

こういう時、風子ちゃんならきっとうまく対応できるんだろうな。

「陽葵」

私のことを呼び捨てにするのは社長だけだ。ソファにもたれかかった格好で手招きをしている。

さっきまで冴木さんが座っていた席をポンポンと叩いている。ここに座れ、ということだろう。

観念して隣に座ると、黙ってグラスを差しだされたのでビールを注ぐ。

「どうだ、仕事は」

「はい。毎日勉強させてもらっています」

「そうか」

ニコリともせず赤ら顔で言う。関われば関わるほど、父とは真逆な性格だと実感する。

「東京は慣れたか？」

「はい」

「困ったらここに住めばいい。部屋なら余っているし、夏帆も喜ぶだろう」

酔いも手伝っているのか、いつも以上に饒舌だ。

「ありがとうございます」

ここに住むなんて絶対にありえない。会社でも家でも社長に気を遣うなんて。

夏帆さんはすごいな。社長の仕事を手伝うだけでなく、家でも家事をこなしているのだ。人は環境に慣れる生き物だから、夏帆さんにとっては普通のことかもしれないけれど。

もう社長は会社の売上について熱弁している。経営しているほかの会社のことも含まれているため、正直うちの会社の景気がいいのか悪いのかよく分からない。

「映像制作の仕事は一過性なところもあるから長くは続かないかもな。だろ？」

いきなりこちらに振られ、焦る。普通そんなことを新入社員に言う？

返事に困っていると、キッチンのドアが開き冴木さんが現れた。ケーキの載ったトレーを手にしている。

「お話し中失礼します」と社長に断ってから、

「陽葵さん。夏帆さんが手伝ってほしいみたい」

申し訳なさそうにそう言った。

「あ、はい」

ホッとして立ちあがると、入れ替わりに冴木さんがソファに座った。

「社長の好きなワインケーキですよ」

「好きじゃない。これならかろうじて食べられるって程度だ」

ふたりの会話を背にキッチンへ戻ると、安堵のため息がこぼれた。

夏帆さんと伯母さんが並んで洗い物をしている。

「手伝います」

腕まくりをする私に、

「これ以上手伝ってもらったら悪しき前例を作ることになっちゃう。こっちは大丈夫だから向こうで楽しんでて。それほど楽しくはないだろうけど」

と夏帆さんはいたずらっぽく言った。

「なにか手伝いがあるって聞いてきたんですけど……」

「私が？　ううん、こっちはこれで片づくから大丈夫だよ」

あ……ひょっとして。

再度リビングに戻り、空いたグラスを下げながら冴木さんを見ると、さりげなく目で合図を送ってくれた。

私を逃がすために嘘をついてくれたんだ……。

胸がきゅんと甘く鳴る。

ああ、ダメだ。もう冴木さんへの想いを認めるしかない。煉也と別れて一年しか経っていないのにもう次の恋をしているなんて。

ううん、本気で誰かを想うのは初めてのことかもしれない。でも……。

「ダメだよ」

自分に言い聞かせながらキッチンへ戻ると、料理を運ぶ伯母さんと入れ違いになった。

洗い物を終えた夏帆さんが湯気の立つマグカップを差しだした。

「我が家の隠し玉、最高級ココアだよ。社長には内緒でね。あの人、めちゃくちゃケチだから」

「ありがとう」

「このココア、野田さんが教えてくれたの。給湯室にも隠してあるんだよ」

口に運ぶと想像以上にカカオの風味が強く、あとから上品な甘さが口に広がった。

「これ飲んだらあとはうまく言っとくから帰っていいよ。せっかくの誕生日なんだし」

「大丈夫だよ。だって予定もないし」

そう言ってから思わず「すごいなあ」と本音がこぼれてしまった。首をかしげる夏帆さんに、慌てて片手を横に振った。

「夏帆さんって私にだけじゃなくて皆にやさしいから。私も夏帆さんみたいになりたいな、って」

「ああ」と夏帆さんはマグカップを両手で抱いた。

「反面教師なんだと思う。社長が頑固一徹だから、あんな風にはなりたくないな、って」

「うちも同じだから分かるよ」

風子ちゃんの性格を受け継いでいれば、もっと楽しく毎日を過ごせたとも思うけれど、あれほど感情が豊かだと疲れてしまいそう。

「風子さんは違うでしょう？　いつも陽葵ちゃんのこと心配しててやさしくて……。これって隣の芝生、ってことかも」

納得したようにほほ笑んだあと、夏帆さんはココアからでる湯気を見つめた。

「私のは表面的なやさしさなんだよ。昔から人の機嫌ばかり気になって、つい合わせてしまう。一枚皮がめくれたら陽葵ちゃんにも嫌われちゃいそう」

「そんなこと絶対にない。夏帆さんは私の憧れだし、東京に連れだしてくれた恩人でもあるんだから」

「大げさだって。陽葵ちゃんが自分の進む道を自分で選んだだけ。でも、仕事だけじゃなくてプライベートも楽しんでね」

やっぱり夏帆さんはやさしい。何枚皮をはいでも変わらないに決まっている。

もっと夏帆さんと仲良くなりたいけれど、前に冴木さんの話をした時に見せた表情がずっと気になっているのもたしかだ。

もしも夏帆さんが冴木さんのことを好きなら……。ほんの数日前までは『諦める』という選択肢しかなかったのに、今では『諦めない』という文字がうっすら心の中に形成されている。

冴木さんとの関係を聞いてみたいけれど、それは自分の想いをオープンにすることでもあるわけで……。

伯母さんがグラスの載ったトレーを手に戻ってきた。

「料理はあれで大丈夫。デザートもあるから。とりあえずピークは越えたみたいよ」

シンクにグラスを入れ終わると、伯母さんはなぜか私を見た。

「さ、今日はもう帰りなさいな。誕生日なんだからあとは任せて」

さすが親子だ。夏帆さんと同じことを言う伯母さんに断りの文句を考えていると、「それに」と伯母さんが続けた。

「陽葵ちゃんが帰らないと夏帆もでかけられないからね」

「ちょっとお母さん」

珍しく夏帆さんが慌てた口調になる。

「あら、内緒だったの？　とにかく逃げるなら今がチャンスよ。あの人が様子を見にきたら、緊急の仕事が入ったことにしておくから。ほら、早く行きなさい」

恥ずかしそうに顔を赤らめる夏帆さんを初めて見た気がした。


大通りはイルミネーションが輝いていた。

街路樹に気持ち程度のＬＥＤが光っているだけの小規模なものだけど、クリスマスが近いことを実感させてくれる。

消臭スプレーを振りまくり、着替えを済ませた夏帆さんとともに裏口からこっそり逃げだした。

「自分から美味しそうなにおいがしている」

隣を歩く夏帆さんの赤いコートが夜に似合っている。

「大丈夫、におわないよ」

「シャワー浴びる時間がなかったから仕方ないよね」

もともと、夏帆さんは途中で抜けだす予定だったそうだ。

本当は聞きたい。どこへ行くの？　誰に会うの？

聞けないまま渡るはずの歩道橋を通りすぎてから久しい。

「あ、ごめん。陽葵ちゃんの家ってこっちじゃないよね」

足を止めた夏帆さんと目が合うと、サッと逸らされてしまった。こんなことでも気になってしまう。

自分でも気づいたのだろう、「あのね」と夏帆さんが白い息を吐いた。

「父には内緒なんだけどね、遠距離恋愛をしている彼氏がいるの」

「え……」

薄暗い歩道でもさっきより顔が赤いことは分かる。

「普段は会えないし、恥ずかしくて話してなかったんだけどね。今日からこっちに戻ってきているの」

ああ、恋をしている人の笑顔だ。心はもう彼のもとへ走りだしているのが伝わってくる。

「実は母に最近になって相談したんだよ。そしたら『私が脱出計画を練る』って張りきっちゃって。今日の飲み会もひとりで任せるのは申し訳ないけど、どうしても会いたくって……」

「そうだったんだ。ぜんぜん知らなかった」

胸にあった疑問が溶けるのを感じた。夏帆さんなら恋人がいて当然だ。勝手にひとりで勘違いしていた自分が恥ずかしい。

同時に風子ちゃんからの手紙に書いてあった、『相手を知ること』の大切さを実感した。

走ってきたタクシーに手を上げた夏帆さんは、イルミネーションの効果も相まってさらにキラキラと輝いている。

「応援してるよ。それに、私、社長と違って口が固いから安心して」

ニッと笑ってみせると、夏帆さんがおかしそうに笑った。

「社長はほんと口が軽いからね」

タクシーに乗りこむ前に夏帆さんが振り返った。

「ありがとう。陽葵ちゃんがこっちに来てくれてよかった」

「私も」

タクシーを見送ったあと、来た道を引き返しながら空に目を向ける。東京は星の数が少ないと聞いていたけれど、高いビルが少ないせいか熱海の空と大差なく思える。

寒さも気にならないくらいほっこりとした気持ちは久々だ。

夏帆さんと好きな人が同じでなくてよかった。一方で、冴木さんへの想いは摘んでしまわないと、とも思う。

仕事ばかりで出会いが少ないから狭い世界で錯覚しているだけ。

いつか私も夏帆さんみたいな恋をしてみたい。できれば社外の人がいいけれど、マッチングアプリとかは苦手だし……。

歩道橋の階段をのぼっていると、ふと篤生と名乗った青年を思いだした。彼と恋に落ちる未来は世界がひっくり返ってもありえないけれど。

自分の死を予言する人とつき合うはずがないし、いつも思うけれどあの予言は失礼すぎる。今度、夏帆さんに相談してみよう。このおかしな出会いについて話したら、どんな反応をするだろう。

歩道橋の手すりに触れると、氷のように冷たい。冬は確実にこの町に降りてきている。

階段を駆けあがる足音に気づき振り向いた。最初はまた篤生さんが現れたのかと思った。

「陽葵さん」

歩道橋の上に現れたのは――冴木さんだった。

はあはあと体を折る冴木さんは社長の家にいた時の格好のまま。つまりスーツの上着もコートも着ていなかった。

「どうしたんですか？　あ、忘れ物!?」

バッグの中を確認する私に、彼は白い息を量産しながら「違う」と言った。

いつもスマートな冴木さんらしくない行動に戸惑いしかない。

「急に帰ったって……聞いて……ああ、ヤバい。ちょっと待って」

荒い呼吸を整えたあと、冴木さんは立ちすくむ私に近づいた。

「これ、渡したくて」

小さな白い紙袋を渡してきた。これは……アクセサリー？

「誕生日おめでとう。こんな日に忘年会で申し訳なかったね」

「え……どうして知ってるんですか？」

「社長が教えてくれてね。皆の前で渡したら迷惑だろうと思って、タイミングを窺ってたんだよ。そしたらいつの間にか帰ってて……。迷惑だった？」

まっすぐに冴木さんの顔を見たのは初めてかもしれない。

やわらかい瞳が私を見つめている。仕事中もいつも気にしてくれていた。今もこんなに寒いのにワイシャツだけで追いかけてきてくれた。

せき止めていたダムが決壊するように体中に『好き』が押し寄せてくる。

「迷惑だなんてとんでもないです。ありがとう……ございます」

きっと夏帆さん以上に顔が赤くなっているだろう。

「それでなんだけど、あの……」

ゴホンと咳払いしたあと、冴木さんはあさってのほうに目を向けた。

「たとえばクリスマスとかお正月とか、ふたりきりで会いたいって言ったら……。いや、単に食事とかなんだけど——それは迷惑だよね？」

「迷惑じゃないです」

「えっ……」

間を置かずに勝手に答えていた。意外な答えだったのか、冴木さんは口に拳を当てたまうつむいている。

「クリスマスは実家に帰る予定ですが、年始までにチェックしないといけない動画があるので、数日で戻ってくる予定です」

年末進行を乗り越え、ほとんどの映像制作がストップするこの時期も、配信サイト用の動画編集だけは関係なく発注が上がってきている。

「俺も年末は仕事がある……から、大晦日、とか、正月とかにでもぜ、ぜ、ぜひひひひ」

寒さに耐えきれなくなったのか、冴木さんがガタガタ震えだした。

「大丈夫ですか」

「ダメだ。ひょっとしたら凍死してしまうかも」

「え!?」

驚く私に、冴木さんは白い歯を見せた。

「冗談だよ。こっそり抜けてきたからそろそろ戻るね。今日はお誕生日おめでとう！

じゃあ」

白い息と一緒に駆けていく冴木さん。

これまでしてきた恋とはまるで違う。頰を押さえて、交わした会話を忘れないように一言一句記憶に刻んだ。


「メリークリスマス～～！」

サンタの帽子を被った風子ちゃんにより、今年もクリスマス会がはじまった。

テーブルに並んでいる料理は去年とあまり変わらない。唐揚げにマカロニサラダ、ハンバーグに今年はピザが追加されたくらいだ。変わったのは、風子ちゃんの体型がさらに丸くなったこと。

指摘したら泣いてしまうだろうから口にチャックをしておこう。

白髪染めをやめたと言っている父は思ったよりも老けておらず、イケオジっぽく見えなくもない。

ふたりの変化は八か月で視認できるけれど、私だっていろいろ変わった。夏帆さんのアドバイスで選ぶ服も変わってきているし、メークだってそれなりに。そして、なによりも……冴木さんとの恋が進行している。

メッセージのやり取りをするようになったし、昨日は遅くまで長電話もした。大晦日に会う約束をしているのも楽しみで仕方ない。

「それでね、隣の山本さんの奥さんがジムに誘ってくるのよ。何回断ってもしつこいの。紹介すると自分の会費が安くなったりするんだわ、きっと」

もしゃもしゃとデザートのケーキから食べはじめている風子ちゃん。

「へえ」

「それにあの奥さん、最近派手になったのよ。なんかすっごく心配してるの」

久しぶりに帰省したのに、気がつくと冴木さんのことを考えている。今ごろどこでなにをしているのかな……。

冴木さんのことはほとんど知らない。年齢は知っているけれど、それも又聞きの情報だ。誕生日や住んでいる場所、趣味や好きな食べ物のことなど、これから知りたいことがたくさんある。

でもな……と、ウインナーをつまんだ。

走りだそうとする気持ちにブレーキをかけている自分もいる。

今は、宙ぶらりんの関係が心地いい。好きな気持ちを育てるゲームでもしているみたい。

あれこれ考えるのが楽しくて仕方ない。

その一方で、燃えあがる気持ちを押しとどめている自分もいる。

『社内恋愛は禁止だ。周りに迷惑がかかるからな』

入社時に社長が言った言葉を今でも覚えている。

煉也とつき合った時も最初は大変だった。同じ学科、同じゼミで交際していることを快く思わない人に茶化されたり、ヘンな噂話もでたりした。

今のままでいい。多くを求めなければ幸せな気持ちも長く続くだろうから。

「あー、あたしも東京に行きたい。今度、陽葵ちゃんの家に遊びにいってもいい？」

左手にコーラ、右手にピザを持った風子ちゃんが尋ねた。

「いいけど調理器具とか食器、ほとんど揃ってないよ」

遅くなる日もあれば時差出勤する時もあるため、最近はコンビニやスーパーの惣菜で食事を済ませることも多くなっている。

「そんなの構わない。陽葵ちゃんが働いている会社を見にいきたいだけだから」

「え、会社に来るの？　それはダメ」

ぎょっとしてオレンジジュースの入ったグラスを落としそうになった。

「やだ。絶対に行くんだから。紘一さんにも会いたいし」

「普通、子どもの職場には来ないって。ね、お父さん？」

助け船を求めるが、父は「そう？」と首をかしげた。

「紘一のところなんだし、べつにいいんじゃないかなあ」

「さすがはお父さん。陽葵ちゃん、よかったねえ」

ちっともよくない。

「授業参観じゃないんだから絶対にダメ。あと、電話もかけてきすぎだから」

「え!? なんでなんで。これでもあたし、すっごく気をつけてるんだよ」

心外そうに抗議してくる風子ちゃん。この際はっきり言っておいたほうがいい。

「あのね」と箸を置く。

「たしかに日中の電話は減ったよ。だけど繁忙期には残業だってあるの。それに締め切りの関係で休日出勤も。でるまで何度もかけてこられるのは困るの」

思い当たることがありすぎるのだろう、風子ちゃんは花がしおれるようにうつむく。

ちょっと言い過ぎたかな、と心配になるが、風子ちゃんは一瞬で顔を上げ、フンと両方の鼻の穴から息を吐きだした。

「あたしはただ心配なだけなの。陽葵ちゃんの一日が、無事に終わってるか知りたいだけだもん」

「メッセージやメールにして、って言ってるでしょ。疲れててもメッセージくらいなら返せるから」

　眠い時の電話ほどつらいことはない。毎日のように電話をしてくる風子ちゃんを、たまに『ウザい』と感じることもある。そのあとはたいてい自己嫌悪に陥ってしまうけれど。

　顔を歪ませる風子ちゃん。これは、本気で泣きだす合図だ。

「でもね」と慌ててやさしい口調に変えた。

「風子ちゃんからもらえる手紙はうれしいよ。この前の人間関係のアドバイス、すごく役立ってるし」

　私だってせっかくの帰省を台無しにしたくない。なんとかフォローを入れる。それに、これは本心でもある。

「……本当に？」

「うん」

「じゃあ……どこの部分が？」

　少しずつ風子ちゃんが元気を取り戻している様子に安心して私もピザを手に取る。

「『人間の悩みは、すべて人間関係の悩み』ってやつ。アドラーなんてよく知ってたね？」

「アドラー？　あたしそんなこと書いたっけ」

「覚えてないの？　ほかには、いちばん苦手な人といちばん話をするってところ。実践してみたら、少しだけ悩みが消えたんだよ」

　昨日は仕事納めだった。といってもまだまだ溜まっている仕事はあるため、あくまでも仮、だけれど。

プライベートを重視している野田さんにとっては仮ではないらしく、今日から正月が明けるまではしっかり休むそうだ。

彼女は昨夜、忘年会での態度を謝罪してきた。気にしていないこと、話せてうれしかったことを伝えると、帰る前に私の仕事を手伝ってくれた。

「ふふ、あたしいいこと書くでしょう？」

ようやく思いだしたのだろう、風子ちゃんは自慢げに胸を反らせる。

私だけじゃなく、父もホッとしているのだろう。風子ちゃんは一度泣きだしたら止まらないから。

食後のコーヒーを飲んでいる時に、風子ちゃんが「あれ」と私を見た。

「そんなの持っていたっけ？」

首のあたりに向けられている視線に、風子ちゃんの鋭さを思いだす。

冴木さんからもらったプレゼントはネックレスだった。ペンダントトップには誕生石であるターコイズの青色が美しく光っている。

服の中に隠していたのに、チェーンだけで見抜くとはさすがだ。

「誕生日にもらったんだよ」

「……いつ？　誰に？　どうして？」

「忘年会の時にね。いつも仕事を教えてくれる先輩――」

「ダメ」

まだふたつ目の質問までしか答えていない。やっと機嫌が直ったと思ったのに、またか……。

場の空気を読まないお父さんが、

「夏帆さんがくれたのかあ。昔からあの子はいい子だったもんな」

壮大な勘違いを披露した。

風子ちゃんは私の胸もとを凝視しながら首を横に振る。

「夏帆さんからもらったならそう言うはず。言えないのは男の人からもらった証拠よ。ダメよ、すぐに返さなきゃ」

「ただの誕生日プレゼントだって」

服の中にあるペンダントトップを無意識に右手で覆っていた。

「今は仕事を一生懸命覚える時期でしょう？　恋愛なんてしているヒマはないじゃない」

それは一理ある。

「それに恋人を作るなら熱海の人じゃなきゃ」

だけどこれについては賛成できない。

「なんでこっちの人とじゃないとダメなのよ」

「当たり前じゃない。東京はいろんな場所から人が集まってるのよ。もし結婚することになって、相手の出身が遠い県だったらどうするの。義理の両親と同居することになったら引っ越さなきゃいけないじゃない」

恐怖を体現しているのか、風子ちゃんは両手で自分の体を抱きしめている。

「そんなことになったらもっと会えなくなるじゃない。そんな結婚、あたし絶対に認めないんだから！」

父は、と見ると――ダメだ。娘が遠いところへ嫁ぐことを想像しているらしく涙目になっている。

はあ、と私はため息をつく。

「私、今の風子ちゃんの発言を聞いて、東京に行けてよかったって本気で思った」

「陽葵ちゃん!?」

「さっきから風子ちゃん、自分のことしか考えてないじゃない。誰を好きになるかまで風子ちゃんに決められたくない」

しんとした空気が流れた。久しぶりに会ったからこそ、風子ちゃんの発言に違和感を覚える。

いくら私が怒っても風子ちゃんが意見を曲げることはない。今だって、ふてくされた顔でうつむいている。

「風子ちゃんは想像しすぎ。あのね、これをくれた人とはなんでもないの。たまたま私が先輩の仕事を手伝ったから、そのお礼にくれただけなんだよ」

「……でも、そこから恋に発展する可能性はあるもん。漫画やドラマは皆そうだもん」

どっちが子どもなのか分からない。

年々風子ちゃんにつく嘘が増えていく。ウザいと感じることも増えている。

……熱海から脱出できただけでもよしとしよう。

「もうこのネックレスはつけないよ。風子ちゃんの言うように、相手に勘違いされても困るもんね」

「そうだよ」

「熱海にいい人いたら紹介して。イケメンで金持ちに限るけどね」

すると風子ちゃんがパアッと顔を輝かせた。

「任せて。あたし意外に人脈に長けているのよ。もし行き詰まったら新しい人脈を掘りまくっちゃうんだから」

ケンカの最後はこうしてたいてい私が折れて終わり。

そんな、これまでは普通にできたことがうまくできない。お腹のモヤモヤをオレンジジュースで洗い流しても、まだ違和感がこびりついている。

江戸川駅の改札をでると、やっと息が吸えた気がする。

年末近い町はいつも以上に空いていて、くたびれたサラリーマンがひとり歩いているだけ。この時季に実家から戻ってくる人なんて私くらいかも。

あのあとも数日は買いだしにつき合ったり、おせち料理の準備を手伝ったりした。父も風子ちゃんもうれしそうで、今までの私なら楽しめたと思う。

けれど、クリスマスパーティで感じた違和感がどんどん大きくなっていった。結局、急遽仕事が入ったと、何個目かの嘘をつき、早めに戻ってきてしまった。どのみち大晦日には東京に戻ることにしていたから、許される誤差だろう。

風子ちゃんが悪いわけじゃないのに、会うたびに嘘が増えていく。

隠していたネックレスを胸もとから表にだした。目ざとく発見するなんて風子ちゃんらしい。

「まだつき合ってるわけじゃないし」

つぶやけば、深い白色の息が夜に溶けていく。

熱海で買い直したトランクを引いて歩いていると、初めてこの町に来た日を思いだす。

毎日はあっという間に過ぎていき、成長感はないけど充足感はある。そんな感じだ。

スカートの中のスマホが一回震えた。これはメッセージを知らせる合図だ。歩道の端っこで画面を表示させると『冴木さん』の文字が光っていた。胸が高鳴る。

『無事に戻ってこられたかな。二日に会えることを楽しみにしています』

今日戻ることにしたとメッセージを送っていたので、その返事だろう。

もしも恋人だったらすぐにでも会いにいけるのに。向こうだって今会いたいと思ってくれたかもしれないのに。

うれしくて切ない気持ち。無機質なビルや信号機、暗い空までも美しく感じる。

ああ、そっか……。これが恋をする、ということなんだ。

冴木さんに会いたい。理由をつけなくちゃ会えない関係から脱却したい。

家に戻ったら電話してみようかな。会いたい、って言ったらなんて答えてくれるだろう。

ポケットの中にはもうひとつ。風子ちゃんが帰りがけに押しつけるようにして渡してきた手紙がある。

昨日の夜に書いたんだろうけど、新幹線の中で開くことはなかった。どうせ恋愛よりも仕事、みたいなことが書かれているに決まっているから。

歩道橋の上に着くと、向こうから夜色のコートに身を包んだ男性が歩いてきた。

ひょっとして……。そう思う間もなく、私に気づいた相手が前と同じように嫌そうな顔になった。

だけど、今の私はもう対人スキルを身に付けている。いちばん苦手な人といちばん多く話をすることが大切だ。

「こんばんは」

笑顔で挨拶をすると、篤生さんは意外そうに目を丸くした。

「同じ冬に二回も会うなんて想像してなかった」

「実家から戻ってきたところなんです。篤生さんはおでかけ？」

「そんなところ」

そっけない態度にも慣れてきた。

「前回も歩道橋の上で会いましたね。これも篤生さんの言う運命がそうさせているのですか？」

「だろうね。でも、信じない人に説明するのは難しい」

篤生さんは最初に会った時、私が四年後の冬に死ぬと予言した。その時は命を助けてもらったからと感謝の意を込めて聞いていたけれど、一年が過ぎた今その予兆はまったくない。

「正直信じていません。東京に来てから大変なこともありますけれど、どちらかと言えば今、運気は上がっていると思うんですよ」

冴木さんを思い浮かべながら言うけれど、篤生さんはムスッとした表情を崩さない。

「陽葵さんっていくつなの？」

「この間、二十三歳になったところです」

「僕もそんな感じ。少し上だけど」

そう言ったあと、篤生さんは「で」と腕を組んだ。

「運気が上がっているってどういう意味？」

「べつに、いろいろです。仕事も慣れてきたし、言いたいことを言葉にすることもできるようになったし。それに……」

とネックレスに手を当てた。

「好きな人ができたんです」

実家でイライラしたことも、冴木さんのことを考えれば帳消しどころかお釣りがくる。

「残念ながら――」

篤生さんの声に空想は断ち切られた。

「運命は確実に君に死をもたらす。つらいことが積み重なってその日を迎えるのかもしれないし、幸せの絶頂期に訪れることもある」

今度は私がムッとする番だ。

「私、信じません。占いならもっとポジティブな内容を伝えるべきだと思います。死の予告なんて簡単にしないでください」

ふいに篤生さんが手を差しだした。

「握手？」

「人に触れることでその人の運命が分かるって言っただろ。詳しく知りたいならちゃんと視るよ」

細くて長い指から、一歩あとずさる。

「大丈夫です。自分の運命は自分で決めますから」

突拍子もないことばかり言う篤生さんは、やはり変わっている。

「分かったよ」

手を下ろすと篤生さんは歩きだす。

「冬は何度でも僕を君に会わせようとするだろう。今度からはお互いに気づかないフリをしよう」

「え、怒ったの？」

ついタメ口になってしまった。

「怒ってない。僕はもともと、人嫌いだから、話をしなくていいのならそっちのほうが助かる」

「そんな言い方ひどい。だって、そっちから話をしてきたくせに……」

どうしてだろう。思ったことが次々に言葉に変換されていく。

篤生さんは、すれ違う寸前で足を止めた。その瞳がはっきりと見えた。黒目の中に混沌とした感情が渦巻いているように思えた。

「前に言ってましたよね。冬は……暗闇だって」

「……ああ」

「私にとっての冬は白色なんです。寒い分、いろんな人のぬくもりを感じるというか、求めるというか……。こたつやストーブも大好きです」

だから、篤生さんが持つイメージを変えたい。本当はそう言いたかったけれど、いくらなんでも距離を詰めすぎだろう。

篤生さんはじっと私を見つめたあと、ふいに体の力を弛緩させた。

「君は……変わってるね」

うっすらと口角が上がっている。私が見ていることに気づいたのだろう、篤生さんはキュッと口もとを引き締めた。

「とにかく、これだけは覚えておいて。来年の冬から運命は君を捕らえようと動きだすだろう。――じゃあ」

今度こそすれ違うと、篤生さんは階段を下りていった。もうカンカンという足音しか聞こえない。

変わっているのは篤生さんのほう。運命なんて最初から決まっているはずがない。否定したいのに。来年から自分を取り巻く運命が変わるのは不安だ。

スマホがまた震えた。今度は着信を知らせている。

風子ちゃんか……。そろそろ家に着く時間だから確認の電話だろう。急にこちらに戻ってきてしまったし、今日くらいは何時間でもつき合おう。

着信画面に表示されている名前を見て思わず「え!?」と叫んでしまった。

表示されている名前は『冴木さん』だった。慌てて通話ボタンを押す。

「もしもし」

『ああ、ごめんね。そろそろ家に着いたかなって』

「あ、はい。駅に着いたところなんです」

じわっと心に明かりが灯る。冷たい風も気にならないほど胸がポカポカしている。

『あの、これから少しの時間でいいから会ってもらえる?』

思わず絶句してしまった。ありえないほど胸がバクバクしているのが分かる。

「分かりました。駅に戻りましょうか」

慣れていないせいで勤務中の会話みたいになってしまった。

『うん。十分で会いにいくから待っててくれる？　どうしても会いたい。直接会って告白、あっ……。話したいことがあるんだ』

それからどうやって電話を切ったのかも、駅まで戻ったのかも覚えていない。

改札口の向こうから駆けてくる彼を見た時、新しい人生がはじまった気がした。

篤生さんの言う運命にだって勝てた気がしたんだ。

陽葵へ
お母さんが恋をしたのは大人になってからでした。
初恋は実らないって言うけれど、お母さんの場合は例外でした。
初めてお父さんに会った時に、すぐに『この人と結婚する』と分かったのです。
もちろん結婚してからはいろんなことが起きました。
でも、その先に陽葵がいたのです。

あなたも社会人になり忙しい毎日かと思いますが、恋愛も大事です。
もし好きな人ができたなら、お母さんにもいつか紹介してくださいね。
素敵な恋ができますように。

母より

幕間

運命を口にすれば、誰もが遠ざかる。
触れようと伸ばした手は、宙を掻いて落ちるだけ。
今回も同じだと思っていた。
拒否され、背を向けられると。

だけど、君は僕に冬の色を伝えようとしてくれた。
冬が白色だったことなんて、とっくに忘れていたよ。
思いだすのは、遠い昔の雪景色。
あの幸せな気持ちが一瞬だけよみがえった気がした。

それでもまだ、君を救えるほどの力が僕にはない。
来年からはじまる試練を、乗り越えられますように。
真実が揺らぐ冬を、受け止められますように。

そう願うことしかできないんだ。

二年目①／白に誓う

文ちゃんのことを思いだしたのは、誕生日が近いせいかもしれない。

夢に見たような気がするけれど、辿ろうとするそばから記憶がこぼれ落ちていく。もう顔も声も忘れてしまい、おぼろげな雰囲気くらいしか印象は残っていない。

文ちゃんは、風子ちゃんの母方の従妹。風子ちゃんより若いので、私にとっては歳の離れたお姉さんのような存在だった。

当時は東京に住んでいたので普段はあまり会えなかったけれど、子どもの頃、誕生日会には来てくれていたっけ。

文ちゃんのことで思いだせるのは、おっちょこちょいな性格だということ。よく転んだり体をぶつけたりする人で、子ども心に心配だった。

五歳の誕生日会の夜は、文ちゃんと一緒に風子ちゃんの帰りを待っていた。

あの夜、隣でずっと励ましてくれていた。遅くに風子ちゃんが戻ってきてから三人で誕生日会をしたような……。

文ちゃんとはもう何年も会っていない。夫婦でアメリカに移住したと聞いてさみしかったことを覚えている。

元気に暮らしているといいな……。そんなことを考えながらオフィスを見渡した。

一年なんてあっという間に過ぎ、社会人になってもう二回目の冬が来た。今年は新卒の配属がなかったので変わらないメンバーの中、私には大きな変化があった。

斜め前に座る冴木さんとちょうど目が合う。

去年の年末、冴木さんは駅に駆けつけるなり大きな声で告白してくれた。『あなたが好きです』というシンプルな言葉は、あれ以来ずっと私を幸せにし続けている。

——あまり見ているとバレてしまう。

最近では自然な流れで目を逸らすこともうまくなった。

スリムなのに胸板が厚いことや、太ももにふたつ並んだ小さなほくろがあること、寝起きに魂が抜けるほどの大きなあくびをすることも私しか知らないこと。

にやけそうな頬を押さえ、仕事用の顔に戻す。

「陽葵さん」と、隣の夏帆さんが急に声をかけてきても平気。なんでもないような顔で、「はい」と答える。

「『寿司処江戸川』さんから恵方巻のポスター制作が来たの。今年は三つ折りのチラシもほしいみたい。契約書をメールで送ったから」

「分かりました。ご指名は寿《ことぶき》さんでしたよね？」

「あそこは寿さんオンリー。ちょっと彼、案件抱えてるからスケジュール調整もお願いね」

寿さんはオンライン組の社員。滅多に会うことはないけれど、寿祝詞《のりと》という祝福に満ちた名前のおかげでこの会社では有名で、縁起がいいと指名されることも多い。

実際優秀でデザインから動画編集までマルチにこなすけれど、能力を鼻にかけないやさしいおじさん、という印象だ。たしか年齢は四十歳くらいだったと思う。

オンラインスケジュールを開き、仮の締め切りを入れていく。季節ものだから早めに仕上げてもらわなくてはならないが、寿さんなら大丈夫だろう。

グループメールに契約書とスケジュール、詳細を送ってから昼休憩に入ることにした。

いつもの自販機でホットビタミンドリンクを買う。今年は暖冬らしく、空にはうろこ雲が名残惜しそうに浮かんでいる。

「お疲れ様」

冴木さんが小銭を手にやってきた。

「お疲れ様です」

「金曜の夜は大丈夫？」

自販機に向かったまま冴木さんは言った。金曜は十九日、つまり私の誕生日イヴだ。

「はい」

「映画のあと、イタリアンを予約しようと思うんだけどいいかな」

「はい」

飲み物を選びながら冴木さんが「ふふ」と笑った。

「まるで仕事の確認をしているみたいだね」

私たちがつき合っていることは皆には内緒だ。

『社長が快く思わないから誰にも内緒にしよう』

冴木さんがそう提案していなければすぐにでも夏帆さんに報告していたかもしれない。

でも社長の社内恋愛嫌いは有名だし、バレたらどちらかが違う部署に異動させられるという噂もあるので、慎重につき合っている。

　会うのは金曜日から土曜日がメイン。日曜日は冴木さんの趣味であるテニスサークル活動があるため会えないので、私も通信教育の勉強に当てたり、たまに実家に戻ったりしている。

　あまり長居をしては怪しまれてしまう。一礼してからオフィスに戻りお弁当を広げる。自炊が増えたのも、冴木さんとつき合いだした副産物だ。

「今日も美味しそうだね」

　メールを打ち終えた夏帆さんがひょいと覗いてきた。

「昨日の残り物と冷食ですよ」

「それでもすごいよ。私なんてこれだし」

　コンビニで買ったパンをつまんでいる。自宅の調理器具が増えたのも、冴木さんとつき合いだしてからのこと。

「前は陽葵ちゃんもコンビニ組だったのにさみしいなあ」

　この話題を続けるのは危険すぎる。早々に話題を変えなくては。

「それより伯母さんの具合、大丈夫ですか？」

「すっかり元気。もうすぐ退院できるんだよ」

　伯母さんに甲状腺がんが発覚したのが数か月前のこと。幸い、転移はしておらず除去のための手術も成功したと聞いている。専門医のいる医大病院へ入院しているけれど、『退院したら会いにきて』と言われているため見舞いには行けていない。

「じゃあ年内に戻ってこられるんですね」

「しばらくは兄の家に避難して療養してもらうの。ほら、家に戻ったら誰かさんがこき使うでしょう？」

苦い顔をしたあと、夏帆さんは「まあ」と肩をすくめた。

「兄には頼ってほしくないんだけど、今回ばかりは仕方ないね」

夏帆さんのお兄さんは昔から社長と仲が悪く、高校を卒業すると同時に家を飛びだし、都内でひとり暮らしをしている。実家にもあまり寄りつかないらしく、仕方なく夏帆さんがこの会社に入ることになった、という経緯がある。

その余波で夏帆さんとお兄さんも連絡を取らなくなったと聞いている。私にいたっては今の今まで夏帆さんにお兄さんがいたことも忘れていたほどだ。

「私にだって将来の夢があったのに、って兄を恨んだこともあったけど、今回のことでチャラにしようかなって」

横顔でほほ笑む夏帆さんは最近ますますきれいになった。

遠距離恋愛も続いているけれど公言できないのは、伯母さんが入院して以来、社長の不機嫌さが輪をかけてひどくなっているから。

機嫌のいい時は内緒話をしてくることもあったけれど、最近の社長はずっとむっつりしている。

「そうそう」と夏帆さんがスマホを見せてきた。

「さすがに今年の忘年会は家ではできないでしょう？　社長は渋っていたけれどここならOKだって。墨田《すみだ》区だからそう遠くないし、いいかな？」

「はい」

画面には私でも知っている大きなホテルの外観が映っている。忘年会コースはひとり八千円もするけれど、形にこだわる社長らしいセレクトだ。

今年の忘年会は例年よりも開催が遅く、年末に近い二十六日の夜の予定だ。

「父親としては尊敬できないけど、社長としては少しだけ尊敬してるの。ひとりで会社をいくつも興したのはすごいし、家族を養っているのも事実だしね」

スマホをデスクに置くと、夏帆さんは小さく笑った。

周りを見渡してから夏帆さんに顔を近づける。

「彼とのことはまだ内緒なんですか？」

「彼、来年には本社に戻ってこられるみたいだから、今後についてはそれからかな」

大手企業で働いているという彼との結婚を考えているのだろう。何年もつき合っている夏帆さんに比べれば私なんてまだまだひよっこだ。

「夏帆さんの彼ってどんな人なんですか？」

「日向《ひゅうが》印刷って知ってる？　そこの課長なの」

日向印刷はこの会社とも取引がある。むしろうちなんかと懇意にしてもらっているのが申し訳ないほどの大会社だ。

「今は出向で、札幌支社にいるの。だからなかなか会えなくって」

同じ秘密を持つ同士、冴木さんのことを話したい気持ちがたまにあふれそうになる。けれど、夏帆さんは従姉でもあり先輩でもある。入社二年目の私が社内恋愛をしているなんてとても言えない。

お弁当を食べていると、冴木さんが缶コーヒーを手に戻ってきた。そちらを見たい欲望を抑えてパソコンの画面に集中する。

いつか夏帆さんに私の恋の話を聞いてもらいたい。

これまでの恋とはまるで違う。金曜日の夜が待ち遠しく、やっと会えたと思ったら倍速で時間は進み、気づけばもうさようなら。次にふたりで会える日を思いながら、平日はなんでもないような素振りを続ける日々。

まるで罰ゲームでもしているみたい。いっそ誰かにバレてしまえば、堂々とつき合えるのに。そんな怖い想像をしてしまうのも、私が今幸せだからだろう。

小さくちぎったパンを口に運んだ夏帆さんが、卓上カレンダーの今日の日付を指さした。

「今年も〝冬の君〟は現れるのかな」

思わぬ発言に聞かれてはいないかとチラッと冴木さんを見てしまった。冴木さんにも話はしているけれど、違う男性の話を目の前でするのには抵抗がある。

すぐに夏帆さんの指先へ自然な流れで視線を戻す。

「現れてほしくないです。人の死を予告する占い師なんて、ひどいと思いませんか？」

「『四年後の冬に死ぬ』って言われたんだよね？　もう残り二年しかないってことでしょう。冷静に考えると悪しき人だよね」

篤生さんの話をした時、夏帆さんからも冴木さんからも、『世の中にはおかしな人がいる』という同じ結論をだされている。

「篤生くん、だっけ？　触れるとその人の未来が視えるなんて私だったら耐えられないな。仕事でもプライベートでも誰にも触らずに生きていくなんて難しすぎる。普段はどんなふうに過ごしているんだろう」

「私に言われても……。なんにしても迷惑ですし」

迷惑、に力を入れてから冴木さんの反応を探りそうになってしまうのを押しとどめた。

……気をつけないと。

ほんの少しの態度で夏帆さんに気づかれる可能性は高い。恋をしている人は、同類に敏感になるものだから。

「でもさ」と、夏帆さんがなにか思いついたように私を見た。どうやらこの話題をやめるつもりがないらしい。

「そういう出会いがあってもいいんじゃない？　篤生って人が陽葵ちゃんの運命の人なのかもよ」

「まさか。やめてよね」

思わずタメ口で返してしまった。

「ドラマとかでは王道の展開じゃない？」

「ないです。ないない」

「そうかなあ。自分の未来を分かっている人なら、守ってくれる可能性だってあるのに」

もうやめてほしいのに、夏帆さんは自分の発言に納得するように何度もうなずいている。

もしも今、冴木さんとつき合っていると言ったらどんな反応を見せるのだろう。

悪魔のささやきに耐えていると、

「冴木さんもそう思わない？」

と、夏帆さんがまさかの流れ弾を喰らわせた。

ぎょっとする私と違い、冴木さんは「え？」とモニターの向こうできょとんとしている。

いつの間にか、ヘッドフォンを片耳に当てている。

「すみません。聞いていませんでした。なんです？」

「陽葵ちゃんがね――」

「夏帆さん、もういいですから」

流れをぶった切る私に夏帆さんは不服そうに頰を膨らませた。二年近く一緒に働いて分かったこと。夏帆さんはたまに暴走するくせがある。

首をかしげて仕事に戻った冴木さんが、私にだけ見えるようにいたずらっぽく片眉を上げた。そんな表情にすらドキドキしてしまい、意味もなく私もバインダーを開けたり閉じたりする。

今年の冬は最高の季節になる予感しかない。

そうだよ。運命なんて自分の力でなんとかなるもの。

きっとこの冬、篤生さんに会うことはないだろう。

「残念ながら、二年後の冬に君は死ぬ」

微塵も残念とは思っていなそうな口調で篤生さんは言った。

木曜日、仕事終わりに冴木さんへのクリスマスプレゼントを買いにいくことにした。

結局、これといった物が見つからず日曜日にで直すことにした帰り道、またしても歩道橋の上で篤生さんにバッタリでくわしてしまったのだ。

今年の冬は会わないという予感は、たった三日で覆されてしまった。

ここで話をすると会社の誰かに見られるかもしれない。

思わず篤生さんの腕をつかんで、河川敷のサイクリングロードへ連れだした。

河川敷のグラウンド、その向こうに流れているはずの江戸川は薄暗くてよく見えない。

頭上では星が気弱に光っていた。

茶色に塗られたアスファルトを横断し、篤生さんは土手との境で振り返った。

「もっと言うと、去年よりも死の色が確実に濃くなっている。試練の冬がはじまったんだ」

黒色のパーカーとスウェットに身を包んだ篤生さんは、夜に半分溶けている。冷たい目に感じるのは、彼の発言のせいだろう。

「どうして……どうして会うたびに嫌なことを言うの？」

これまではただ聞いているだけだった。初めて会った時は右も左も分からない状況だったけれど今は違う。

「僕はただ陽葵に事実を教えているだけだよ」

「呼び捨てにしないで」

思わずきつい口調で返してしまった。冬にしては生ぬるい風が私たちの間を抜けていく。

「だったら君も呼び捨てで呼べばいい。『さん』づけだと、距離が縮まらないから」

「距離を縮めたいわけじゃないから。そもそも、篤生さんって失礼すぎます。ひょっとしてなにか高価な物を売りつけようとしてるの？」

「高価な物？」

「壺とか絵画とか……。相手を不安にさせてから高額な品物を売る詐欺、聞いたことあるし」

真顔になった三秒後、意外にも篤生はクスクス笑いだす。

「売りつけるつもりならこんな何年もかけないよ」

その言い方にカチンときた。これまで腹が立つことがあってもグッと我慢してやり過ごしてきたのに、なぜか自分が抑えられない。

「じゃあなんの目的でやってるの？　篤生の言うように死ぬ運命だったとしても教えてほしくなかった」

自分の死を予言されて喜ぶ人なんていない。一度沸騰した感情が次から次へと言葉に変換されていく。

「占いなら普通、よくなるようにアドバイスをくれるものでしょう。篤生は死に関することしか言わないじゃない。そんなのひどいよ」

「ひどい？」

心外とでも言いたそうに眉をしかめている。

「運命を受け入れろとは言っていない。変えようとしないのは陽葵のほうだろ」

また呼び捨てだ。ムッとすると同時に、私も呼び捨てで呼んでいたことに気づいた。

「運命の変え方なんて分からないよ。仕事もプライベートも充実している一年だった。なのに、冬のたびに現れて意味不明なことを言わないで！」

ウォーキング中と思われる老夫婦が私たちを興味深そうに眺めながら通り過ぎた。

「あ……」

急に恥ずかしくなり口ごもる私に、篤生は河川敷に続く階段を指さした。

「とりあえず座ろうか」

「嫌……」

本当は帰りたいのに、言葉とは裏腹に階段のいちばん上に腰を下ろしていた。

篤生の言うことなんて信じたくないけれど、彼の目的もよく分からない。このままずっと気にするよりも、ちゃんと説明をしてもらおう。

膝を抱えるように座った篤生が、

「ごめん」

そう言った。

「昔からそうなんだ。言葉が足りなくて誤解させてしまう」

彼の髪がやわらかく風に膨らみ、解けるように躍っている。

「陽葵が怒る気持ちも分かるよ。これまでもたくさんの人を不快な気分にさせてきたから」

「…………」

「触れると視えてしまうんだ。黙っていたらずっと気になってしまうし、伝えることが使命だとも思っている。だけど、こんな話を信じる奴はいない。ちゃんと伝える言葉も持っていない」

篤生の弱気な言葉を聞くのは初めてだった。どうしていいのか分からずに、私も見えない川に目を向けた。

「ずっと……そんなふうに悩んでいるの？」

「君のようなサニーサイドな人には分からないと思う」

「サニーサイド？」

「陽の当たる場所、って意味。幸せな道を歩んできた人にはとうてい理解できないことなんだよ。僕が歩いてきたのは暗闇に支配された道だったから」

自嘲気味に笑う篤生に、なんと答えればいいのか分からずに景色を見渡した。

「触るだけでその人の運命が視えるとしたら……つらいよね」

そう言うと、篤生は「ふん」と鼻を鳴らした。

「これから死ぬ人に同情されてもね」

「なにそれ」

どこまで本気で言っているのか分からない。けれど、気持ちが落ち着いてきているのが分かる。私も、きっと篤生も。

「運命を宣告された人は、どうなったの？」

「人それぞれだね。皆いろんな悩みに侵されて視界が悪くなっていく。自分の死を回避しようともがいた人の中には、運命を変えた人もいる。逆に、どれだけ抗っても無駄だった人も」

夜に包まれゆく中、はかない音が聞こえてくる。遠くで鳴る自転車のベル、犬の鳴き声、子どものはしゃぐ声。

「……私は最期、どんなふうに死んでしまうの？」

篤生は申し訳なさそうに首を振る。

「二年後の冬に死ぬことしか分からないんだ。もう少し触れたら視えるかもしれないけど」

わけの分からない会話がかろうじてつむがれていく。

白く色づいた息が篤生の口から生まれている。冷静に今の状況を分析しても、篤生の言うことはあまりにも常識から外れている。

「……ごめん。やっぱり信じることなんてできないよ」

「だろうね」

「せめて事故か病気かとかだけでも分からないの？　事故なら防ぎようがないけど……」

冬の間、ずっと家に避難しているなんて不可能だ。その家が火事になったりすることだってありえる。ううん、そもそも篤生の話を信用したわけじゃないんだから。

体ごと私を向いた篤生が、腕を伸ばすのをスローモーションで見ていた。ひんやりとした感触が頰に触れてすぐに、篤生の手に包まれていることに気づいた。

「ひゃあ……」

ヘンな声を上げてその手を振りほどくと、篤生は不機嫌そうにうなった。

「こんな短い時間じゃよく視えない」

「で、でも……」

アワアワしながら、ふと冴木さんのことが頭に浮かんだ。この状況を見られてしまったら大変だ。いくら言い訳したって勘違いされるのは目に見えている。

もう帰ろう。ううん、帰らなくちゃいけない。

立ちあがる私を見ようともせず、篤生は言った。

「誰か、入院している人が身近にいるよね？」

歩きだそうとする足が止まる。それって……伯母さんのこと？

「なんで……知ってるの？」

「その人をきっかけにして、いろんなことが起きるだろう」

「……え？」

「家族や恋人や友だちも同じ。君に関わる人たちが無意識に、時には意識的に君の心を殺していく」

「……待って」

「運命を変えるには、その人たちと心から向き合う必要がある」

「待ってよ！」

思いっきり叫ぶと、やっと篤生は口を閉じてくれた。

信じられない。私のそばにいる人によって心が殺される？　そんなことあるわけがない。

「失礼なこと……言わないでよ」

かすれた声で反論しても、篤生はまっすぐな目で見てくる。

「今の陽葵は危なっかしくて見ていられない。今、君の見ている世界を一度疑ったほうがいい」

「疑う？　それって家族とか友だちを疑えっていうこと？　篤生の言っていることが分からないよ」

「僕のことを信じろとは言わないけれど、これまでの自分を変えなくちゃ運命は避けられない」

伯母さんが入院していることなど篤生は知る由もない。

混乱する頭のままあとずさりをした。

「ごめん……帰るね」

駅までの道を逃げるように急ぐ。途中で振り返っても、追ってくる気配がないのでホッとした。

もう篤生に関わるのはやめよう。冬のたびに現れ不安にさせられるなんてこりごりだ。

運命は自分で切り拓いていくものだと思う。ううん、そう思いたい。

それでもさっきの彼の真剣な口調が頭から離れてくれない。

ふいにスマホがブルブルと震えだした。予想どおり画面には『風子ちゃん』と表示されている。

篤生は私の心を殺す人に、家族も挙げていた。

「もう……」

うんざりした気分をため息で吐きだしてから通話ボタンを押した。

『陽葵ちゃんお疲れ様でした。もうおうちに着いた？』

相変わらずの明るい声に今日だけは体の緊張がほぐれるようだ。

「今、家に向かってるところ」

『そうなの？　こんな遅くまで大変だったね』

「買い物に時間かかっちゃったから」

駅前の一方通行の道を歩きながらもう一度振り返る。やっぱり篤生の姿はない。

そういえば、篤生との出会いはこのあたりだった。車に轢かれそうになった私を助けてくれたのがはじまりだった。あの日に死の宣告をされてからもう二年が過ぎようとしている……。

『――ちゃん。陽葵ちゃん⁉』

風子ちゃんの声にハッと我に返った。

「あ、うん」

『どうしたの？　なにかあったの？　お腹痛いの？』

矢継ぎ早に質問を繰りだす風子ちゃんに、

「大丈夫。ちょっと考えごとしちゃって」

そう伝えた。風子ちゃんの心配性は離れてからどんどんひどくなっている。

『考えごとってひょっとして仕事のこと？　そうなのね。もしつらいならいつでも家に戻ってきていいのよ。今すぐに会社を辞めたっていいんだからね』

「そのセリフ、もう百回は聞いたよ。こっちはいたって普通だから大丈夫だよ」

それはそれで不服なのだろう、風子ちゃんは『なんだ』と残念さを隠そうともせずに言った。

『それより、お義姉さん、入院されてるんだってね。ぜんぜん知らなかったからびっくりしたわよ。紘一さん、ほんとなんにも言わないんだから』

「私も最近知ったばかりなんだよ。……あれ、ひょっとして夏帆さんに聞いたの?」

『うっ』

「……う?」

『な、なんでもないのよ。べつに夏帆ちゃんに陽葵ちゃんの様子を定期的に聞いていたわけじゃなくってね、そう、たまたま。たまたまなの。偶然、夏帆さんに電話をかけた時に教えてもらったのよ』

電話の向こうでジタバタしている気配がする。ごまかそうとしてすべてを白状してしまうのが風子ちゃんらしい。

夏帆さんもそれならそうと言ってくれてもいいのに。なんだか風子ちゃん側につかれたみたいでショックだ。

『聞いてからいろいろ調べたんだけど、甲状腺がんは致死率がそれほど高くないんだって』

私もそれについては調べた。甲状腺がんはがんの中でも比較的進行が緩やかで予後も安定すると言われているそうだ。

——どうして篤生は、伯母さんが入院していることを知っていたのだろう。

頭から追いだしてもすぐにさっきのことが頭に浮かんでしまう。伯母さんをきっかけにしていろんなことが起きると言っていた。

篤生のことは信じられないけれど、信ぴょう性が増した今、死の運命は輪郭を濃くしている。

『陽葵ちゃん！』

突然耳もとで爆音がして思わずスマホを落としそうになった。

「びっくりした……」

『びっくりしたのはこっちなんだから！　ずっと呼んでるのに。どうしたの、今日はなんかヘンだよ』

「電波が悪いみたい。よく聞こえなかったの」

そんな言い訳をして電話を切った。

街路樹には半分くらいイルミネーションが設置されているが、まだ点灯はしていない。

今年も、冬がこの町を侵しはじめている。

十二月は繁忙期。年末、会社が休みを迎える前に、年始までの発注を終わらせなくてはならないのだ。

動画編集はギリギリまでできるけれど、ポスターや冊子は印刷会社との兼ね合いもあるため締め切りが早く、急ピッチで進行するしかない。

駆けこみ発注も多く、やってもやっても終わらない作業。冴木さんとのデートは絶望的だ。

あと三時間で誕生日を迎えるという金曜日の夜。冴木さんと夏帆さんは他部署へ打合わせに行ったまま帰ってこず、野田さんは当然のように定時で帰ってしまった。

いま、社内には私と社長しかいない。社長はずっとパソコンとにらめっこをしていて、オフィスには沈黙が続いている。

時計がまた長針を動かした。冴木さんとのデートは明日に変更したけれど、ふたりとも休日出勤は避けられない状況だ。どうせ明日も仕事なら今日はこのへんで帰ろう。

会社をでるとすぐにスマホのメールを開く。冴木さんからのメールが三件入っていた。

【もう仕事終わったかな。少しだけでも顔が見たいな】

【明日も仕事になった。誕生日なのにごめん】

【社長がいるみたいだから駅前で待ってるよ】

「え……」

最後のメールが届いたのは今から四十分も前だ。大通りへ向かいながら電話をかけたけれどでない。

ああ、もう帰ってしまったのかも。

スマホが震えたので見ると、風子ちゃんからの着信が入っている。今はそれどころじゃないので無視する。

急いで歩道橋の階段をのぼっていると、

「陽葵」

私の名前を呼ぶ声がした。顔を上げると歩道橋の上から冴木さんが見おろしていた。

「え、冴木さん!?」

「遅いから会社に行ってみようかなって思ったとこだった」

ニカッと笑った冴木さんの口から白い息がとめどなくでている。

歩道橋の上まで行くと、自然に手を伸ばしていた。すぐにそれは驚くほど冷たい冴木さんの大きな手に包まれ、種類の分からない涙が込みあげてきた。

「どうしたの？　なにか社長に言われたの？」

「ううん。今日は会えないと思ってたから……うれしくって」

これまでの恋とはまるで違う。こんなふうに自分のことを想ってくれている人がいる。同じくらい……ううん、それ以上に相手を想う自分がいる。

「そうだったんだ。俺も同じ気持ちだよ」

横並びで手をつないだまま歩道橋の階段を下りた。

当たり前のように家まで送ってくれる彼に幸せを感じながら歩けば、イルミネーションも青く輝いて祝福してくれている。

話題は仕事のことばかりだけど、不満なんてなかった。

「明日の誕生日、夕方には仕事が終わると思う」

「私は午前で終わる予定だから、夜どこか食べにいく？」

「それもいいけど、明日はうちにおいでよ。俺なりの誕生日会を開きたいんだ。ケーキも買っておくから」

つき合って分かったことは、冴木さんはあまり外食を好まないってこと。ひとり暮らしが長いらしく、休みの日にはどちらかの部屋に籠ることが多かった。

「日曜日って雨の予報だけど、サークルってあるの？」

冴木さんは学生時代からテニスをしている。今は社会人サークルに所属していて、日曜日はたいてい練習や試合で忙しい。

「うちは屋根つきコートだからね」

「試合がある時とか、今度行ってみたいな」

「…………」

奇妙な沈黙のあとうなずいた冴木さんが、

「そういえば、〝冬の君〟は今年は現れていないの？」

思いだしたように尋ねた。

「うん。今年はまだ」

嘘をつくことにしたのは、あの言葉のせい。私の運命は周りにいる人によって死へと導かれていく。そんな話、とても冴木さんにはできない。

だけど……運命を変えるって決めたから。

知らぬ間に握った手に力を入れていることに気づき、髪を直すフリをしてほどいた。伸ばし続けている髪も夏帆さんと同じくらいの長さになって久しい。

「俺も一度くらい会ってみたいけどな」

……冴木さんはサークルに来てほしくないのかな。

不自然に話題を変えられたことが違和感として胸に残っている。

違う。こんなことで気持ちを引っ張られていたら篤生の思うつぼだ。冴木さんの腕に抱き着くと、彼は照れたように鼻を赤くしている。

送ってもらう日はいつも部屋に寄ってもらう。コーヒーか紅茶を飲んでからさよならのキス。

今日もいつものように階段をふたりで上がる。カンカンという金属音にももう慣れた。

「電気、つけっぱなしだね」

「え？」

そう言われて部屋を見ると、ドアの横の小さな窓ガラスが明るい。

「ほんとだ。でも、朝は確認したような気がするんだけど……」

「え？　それってヤバくないか」

まさか泥棒とか……？　フリーズする私からカギを受け取ると、冴木さんは慎重にドアに通した。いよいよ開けようとした瞬間、内側からドアが勢いよく開いた。

「うわ！」

しこたまおでこをぶつけた冴木さん。

「ちょっとあなた誰っ!?　け、け、警察呼ぶわよ！」

玄関先でフライパンを右手に構えていたのは――風子ちゃんだった。


さっきから風子ちゃんは大きな体をなるべく小さく見せようと、縮こまっている。

「ごめんね。てっきり泥棒かと思って……」

「泥棒は風子ちゃんのほうでしょ。人の部屋に勝手に入るなんて信じられない」

「だって合いカギをもらってたから」

「それは緊急用！　なんで来るなら来るって言わないのよ」

こたつを挟んでの攻防戦の間も風子ちゃんは熱海第二製菓のお菓子を口に運んでいる。

私へのお土産に持ってきたが、お腹が空いて我慢できなかったそうだ。

お菓子の包み紙を爆弾を扱うかのようにそっとテーブルに置くと、

「だって、何度も電話したんだよ」

上目遣いで言い訳を口にしてくる。

「今日電話して今日来るっていうのがおかしいの」

「それよりさっきの人……冴木さんだっけ？　本当に陽葵ちゃんの上司の方なの？」

「話題を変えない」

ピシャリと言うと風子ちゃんはプウと丸くほっぺを膨らませている。

そう、さっき冴木さんは『会社の上司です』と風子ちゃんに自己紹介をするとあっさり帰っていった。『おつき合いさせてもらっています』と言ってくれなかったことが少しだけ……いや、かなりさみしいけれど、あの状況では仕方がないか。

明日会ったらお詫びをしなくちゃ……。

それにしても急にやってくるなんて信じられない。ギロッと風子ちゃんを見て気づいた。キッチンに海外旅行にでもでかけるほどの大きなトランクが置いてある。

「ちょっと待って。まさか……家出してきたの？」

低い声で尋ねる私に、風子ちゃんはケラケラと笑った。

「お父さんとはケンカしたことがないことくらい知ってるでしょ。陽葵ちゃんの誕生日パーティをしたくて来たに決まってるじゃない」

「……嘘」

「やだ。あたし、嘘はつかないわよ」

そういう意味じゃない。もうお説教タイムが終わったと思ったのか、風子ちゃんはいそいそと再びお菓子を食べだしている。

「明日、私仕事なんだけど……」

「私もお義姉さんのお見舞いに行きたいから大丈夫。夜には帰ってくるわよね？　それまでにあたしが最高の料理を作っておくから」

「あの……夜も用事があるの」

「え？」

きょとんとした顔で風子ちゃんはお菓子を持つ手を停止させた。

「それって……彼氏とか？　やっぱりさっきの男性がそうなの？」

「違う。そういうのじゃなくて、忘年会があるの」

「会社の忘年会は来週だって夏帆さんから聞いてるけど」

すでに調査済みってことか。ふたりの連絡網を甘く見てはいけないらしい。

明日はどうしても冴木さんに会いたい。どう言えばごまかせるのだろう。

「取引先との忘年会なの。だから帰ってくるのが遅くなるよ」

「寝て待ってるから大丈夫よ。あ、ご飯は控えめに食べてきてよね。明日はチキンを焼く予定なんだから」

実家との距離ができてから稀に風子ちゃんに会いたくなることがあった。自己中でワガママな性格が懐かしく、会って元気をもらいたい日だってあった。

でも、それは今じゃないし、むしろ最悪のタイミングだ。疲れも相まってイライラが抑えられない。どうして風子ちゃんは子離れができないんだろう。

「それにね」

風子ちゃんはズズッとお茶を飲んだ。

「この間電話をした時の陽葵ちゃんの様子が気になったの。心ここにあらずだったから」

「ああ、そうだっけ……」

私は籠の鳥だ。どんなに逃げようとしても決して逃がしてはくれない。心配する気持ちは本物でも、親心の押し売りのように思えてしまう。

そんな自分が少し嫌になる。


忘年会が中止になったと夏帆さんから聞いたのは、翌朝のことだった。

この状況ではやはり皆仕事が片づくはずがないという判断らしい。今日だってパート勤務の人以外は見事に全員出勤している。あの野田さんでさえも仏頂面でパソコンに向かっている。

ひとつの仕事をしている間にほかの案件が顔をだす。続いて終わったはずの動画の修正依頼まで来てしまった。

「誕生日なのにごめんね」

自分だって大変なのに夏帆さんはそう言った。

「夏帆さんこそ、今日はデートじゃなかったんですか？」

「それどころじゃないからしょうがないよね」

分かります、と言いそうになる。朝いちばんで来た緊急の依頼が冴木さんの担当になってしまったため、私も今夜は会えそうにない。ううん、もし冴木さんが大丈夫だったとしても、私が断らなくちゃいけなかった。風子ちゃんの顔が浮かんでげんなりする。

夏帆さんもこれから臨時の契約にでるのだそうだ。

「風子さん、お見舞いにきてくれるんだってね。母が喜んでたよ」

「聞いてくださいよ。昨日の夜、いきなり押しかけてきたんですよ。普通、前もって許可を取りませんか？」

「そうね」

「いつもそうなんです。離れて暮らすようになってからはさらに過保護がひどくなって。毎日何件も電話が来るだけでもウザいのに、いい加減にしてほしい」

ぬるいコーヒーをビールのように飲み干すが、夏帆さんからの反応はない。キーボードに手を置いたままなぜかぼんやりしている。

「夏帆さん？」

「あ、うん。ごめん、ちょっと寝不足でね」

言われてみれば、いつもより疲れた顔をしている。仕事で疲れているのか、それとも彼氏となにかあったのか……。

夏帆さんとは仲のよい従姉とはいえ、そこまで立ち入ったことは聞けないくらいの間柄。

「そうそう」

夏帆さんが取り繕うように書類の束を私に渡してきた。

「年末調整の書類、今年分を私が集めておいたから。処理は月曜日にでも一緒にやろう。といっても最終チェックをしてPDFで送信するだけなんだけどね」

「はい」

うなずいていると、社長の椅子が音を鳴らした。

「おい、夏帆」

不機嫌な声が近づいてくる。

「あのメールはなんだ。忘年会を中止にするのか」

不穏な空気を察して電話中の冴木さんとパソコンに向かっていた野田さんが揃って席を立った。

私も逃げたいけれど、すぐうしろに社長の圧があるので動けない。

「勝手に決めるな。予定どおりやるぞ」

「お言葉ですが、現状、忘年会をやる余裕はございません」

いつもは従順な夏帆さんが珍しく意見している。社長も驚いたのか、聞こえないほどの小さな声で「あ?」と返すだけ。

荷物をまとめると夏帆さんは立ちあがった。

「今日だって皆、休日出勤していますし、来週の土曜日もおそらくそうでしょう。だとしたら忘年会はやめるべきです」

「それをお前が決めるのか？」

うすら笑いで社長は返した。

「実務の決定は私に任せられていますよね？　キャンセル料を支払わなくてよいのは今日までです。勝手なことをして申し訳ありませんが、今はそんなことをしている場合じゃないと思います。私も、社長も」

最後の言葉に力を込めた夏帆さんに、社長はなにか言いたげな表情を浮かべた。が、立ちあがって一礼した夏帆さんはそのままフロアをでていってしまった。

「なんだあいつ……」

つぶやいた社長が同意を求めるように、私の視界に入ってきた。

なんて言っていいのか分からずフリーズしていると、最悪なことに社長は夏帆さんの椅子にドカッと座ってしまった。

野田さんは給湯室へ引っこんだのだろう。壁際にいた冴木さんがスマホを耳に当てたまま再び外にでていくのが横目に見えた。

つまり、私と社長以外誰もいない状態に……。普段は寡黙な社長だけど、ふたりきりになるとたまに〝伯父さんの顔〟を見せてくる。そしてたいてい内緒話がはじまるのだ。

「あいつイライラしやがって。今さら反抗期かよ」

「あ、はい……」

あまりの圧にそう言うしかない私。

年末調整の束の上に『月曜対応』と書いた付箋を貼る。寿さんからのメールをチェックする。共有ファイルの進行状況を確認する。わざとらしく忙しさをアピールしても社長はなかなか席を立ってくれない。

社長が舟を漕ぐように椅子を何度も前後させてから、

「これは内緒なんだけど」

聞きたくないワードを口にした。

「あの……」

「え？」

「容態が悪化した」

聞き間違いかと思った。

「うちのが入院してるの知ってるだろ？　完治は嘘だったらしい。おかしいと思ったんだよ。よくなったと聞いていたのにどんどん具合が悪くなるから」

「伯母さんが、ですか？」

「夏帆は知っていたらしい。問い詰めたらついに白状した」

「えっ？　夏帆さんだけが知っていたということですか？」

驚きのあまり椅子ごと体を社長に向けていた。

夏帆さんは私にもよくなったと言っていたのに……。

「ショックを受けるから本人には内緒にしているらしい。ったく、なに考えてるんだか」

溜まっていたものを吐きだすように社長は続ける。

「明日から息子の家で療養するらしいが、すぐにまた入院だ。最後はホスピスへ転院する」

スケジュールでも伝えるように軽い口調で言っているけれど、社長の眉間には見たことがないくらい深いシワが刻まれている。

「ホスピスって……伯母さん、そんなに具合が悪かったんですか？」

「ああ。はー、忘年会も中止だとよ！」

ガンとデスクを叩いているけれど、怒るのはそこじゃない。

ああ、そっか。最近社長が不機嫌なのはそういうことだったんだ。

『誰か、入院している人が身近にいるよね？』

篤生の言葉が脳裏で再生された。

あのあと篤生はなんて言っていたっけ……。こぶしをギュッと握ってあの夜を思いだす。

そうだ、たしか……。

『その人をきっかけにして、いろんなことが起きるだろう』

そんなことを言っていた。

ゴクリと唾を呑みこむ。篤生にもしこの未来が視えていたとしたら、伯母さんの病気によってなにかが起きるんだ……。そしてそれが私を死へと導く。

阻止しなくちゃ。……でも、どうやって？

「あの、伯母さんのそばについていてあげてください」

「は？」

低い声に、怒りのターゲットが自分に変更されるのを感じた。

「だって伯母さんはまだ自分の病気について知らないんですよね？　きっと……不安だと思います」

「俺がいてなんになる。必要じゃないから、夏帆は俺にも言わなかったんだろ。それに俺は忙しい」

興味がなさそうに社長はそっぽを向いた。

「でも……家族じゃないですか」

「なにが家族だ」

吐き捨てるように言った社長が小ばかにするような笑みを浮かべた。

「お前に家族のことを語られるなんてな。調子に乗ってんなよ」

「……すみません」

「謝るなら最初から余計なことを言うな！」

建物がまっぷたつに割れそうなほどの大声に思わずうつむいた。

やっぱり、私にはなにもできない。逆に今のことで私の死が近づいた気さえしている。

運命を変える方法なんてまったく分からなかった。

「社長、ちょっといいですか」

おそらく今の声を聞きつけたのだろう、給湯室から野田さんがこっちに向かって歩いてくる。

「すみませんが話が聞こえてしまいました。これ、内緒ですが高級なココアなんです」

マグカップをデスクに置いた野田さんが、下半分が湯気で曇ったレンズを人さし指で上げた。

「社長が言いたいこと、私には少しだけ分かります」

「お前になにが――」

「誰からも奥様の病態を教えてもらえなかったことに怒りを覚えているんですね？」

「…………」

虚を衝《つ》かれたように静止した社長が、意味もなくあごのあたりを撫でた。

「まあ……それもある」

「うちも一緒なんです。夫は私に死ぬまで病名を明かしませんでしたから」

「ああ、野田も旦那を亡くしてたよな」

「病院も夫の意思を尊重しました。残された家族がどんな気持ちになるかも知らないで」

予想外の会話についていけずふたりの顔を交互に見る。野田さんはたしか籍を入れておらずシングルだと言っていたはずなのに……。

「もしも最後だと分かっていたら、手術の危険性が高いことを知っていたなら、違う選択肢もあったと思います。結局、夫は成功率三十パーセントの戦いにひとりで立ち向かって、そして負けたんです」

「野田もつらいよな……」

叱られた子どもみたいに肩を落とす社長に「でも」と野田さんは顔を上げた。

「入社時にあれほど『シングルマザーということにしておいてください』と言ったのに、社長、皆にバラしましたよね？」

「いや、俺は――」

「皆の様子がおかしいからカマをかけてみたんです。明らかに私の事情を知っている様子でした」

「な……」

「怒っているわけじゃありません。逆に皆気を遣ってくれてあれこれ聞かれなくってよかったです。ありがとうございます」

野田さんのおかげで怒りのボルテージが下がったのか、社長はココアをひと口飲んだ。

「まあ、そういうことだ」

「……陽葵さんにも嘘をつきました。すみません」

そっけなく言ったあと、野田さんは「個人的な見解ですが」と続ける。

「夏帆さんも、社長のやさしさを知っているから逆に言えなかったんだと思います。もしまだ時間があるなら、私みたいに後悔しないように、少しの時間でも奥様に会いにいかれた方がいいと思います」

まだ熱いはずのココアをグイと飲んだ社長が、

「それもいいかもな」

と席を立った。

「ちょっとでてくる。お前らもキリがいいところで帰れ。休日出勤代は高いからな」

コートを着るとそのまま外へでていってしまった。

深々と礼をする野田さんに倣い、私も座ったままでお辞儀をした。

「糖分が不足してるのね、きっと」

マグカップを手にした野田さんの顔にはもう、笑みはなかった。

「あの、ありがとうございます」

「べつに。仕事の邪魔だったから」

「ご主人のこと、初めて聞きました」

そう言う私に、野田さんは「ああ」と深いため息を落とした。

「嫌な気持ちにさせてごめんね。社長と一緒で私も怒ってるんだろうね。いつか死んだら思いっきり文句を言うつもりなんだ」

結婚相手に逃げられたという嘘。最愛の人を亡くしたという真実。

もし自分が同じ立場だったら、と想像するのも怖い。

「気にしないで。もう割り切ってるから」

そっけない態度で野田さんは再び給湯室に戻っていった。

入社してから自分も少しは変われた気がしていた。専門用語を覚え、メークやコーデも研究して……。でも結局こういう時にはなにも言えない。中身はぜんぜん変わらないまま。キーボードに手を置くけれど、頭が真っ白で指先が動いてくれない。ひどく、恥ずかしい気持ちでいっぱいだ。

自動ドアが開く音がして冴木さんがそっと入ってきた。

「社長、上機嫌ででていったね。危なかった」

本当に電話がかかってきたのかもしれないけれど、私が絡まれていることは分かっていたはず。それなのに冴木さんはひとりで逃げてしまった。

わずかな不信感はそっと胸にしまった。


――最悪の誕生日になった。

冴木さんは遅くまで仕事で、明日はテニスサークルの試合があるので会えないそうだ。結局、クリスマスの約束もしないまま私は先に退社した。

夏帆さんからは電話があったけれど、伯母さんの様子について語られることはなく、仕事の話に終始した。

そして、今、風子ちゃんの様子がおかしい。

私の誕生日会をするために自ら押しかけてきたはずなのに、私が仕事から戻ってくるとぼんやりと窓から外の景色を見ていた。

宣言していたお手製のチキンは惣菜の手羽先に代わり、

「お誕生日おめでとう」

とはしゃぐ姿もどこか無理しているように思えた。

間違いない、伯母さんの見舞いにいき、現状を知ったのだ。

社長以外、誰も私に伯母さんの病状については語らない。風子ちゃんまでも。

聞いたからと言ってどうすることもできないけれど、疎外感をひしひしと感じる。ケーキの上で揺れている炎も、侘しさを演出しているみたいだ。

「ほら、吹いて吹いて」

言われるがまま息を吐くと、五歳の誕生日会がまた脳裏をよぎった。あの日もこんな寒い夜で、遅くに戻ってきた風子ちゃんは何度も私に謝っていた。

「ねえ、五歳の時の誕生日会の話なんだけどね」

「またその話!?」

大げさに驚いてみせたあと、風子ちゃんは子どもがイヤイヤをするように首を横に振った。

「陽葵ちゃんってすごくその日にこだわるけれど、本当に覚えてないのよ」

「文ちゃん、いたよね?」

「文ちゃん？」

「アメリカに行っちゃう前は、季節の行事の時は必ず来てくれてた。あの日、風子ちゃんが仕事で遅くなったよね？　ひとりで待っていたと思っていたけれど、隣に文ちゃんがいたことを思いだしたの」

風子ちゃんの帰りを待つ私の横で『大丈夫よ』となぐさめてくれた。

「いたような気もするけど、記憶にないわねえ」

「文ちゃんって今でもアメリカにいるの？」

「うーん」

歯切れが悪く腕を組む風子ちゃん。セーター越しの二の腕がもりっとその太さを増した。

「もう何年も会ってないわね。どこに住んでるのかすら分からないのよ」

「メールとか手紙とかも？」

「あの子、筆不精だったからね。従妹なんてそんなもんじゃない？」

ナイフを手に風子ちゃんがケーキを切りわけていった。音もなく三角の形に切られていくケーキには、時期尚早のサンタが乗っている。

「それにしても」と、重い空気を消すように風子ちゃんはやたら明るい声をだした。

「社会人って大変なのね。来週もずっと仕事なんて。クリスマス会はどうするのよ」

「そこまで居座るつもりなの？」

「当たり前じゃない。夜遅くなってもいいからしましょうよ」

約束はしていないけれど、さすがにクリスマス・イヴは冴木さんと会えるだろう。やはりちゃんと風子ちゃんには伝えないと……。

「あのね……今年のクリスマス会はなしにしてほしいの」

「仕事のあとでもいいから。あたし、こう見えて夜更かしは得意なのよ」

自慢げな顔を作る風子ちゃんに、首を小さく横に振る。

「夜もダメなの」

「……どういうこと？」

「実は、つき合っている人がいるの」

ケーキの乗った皿を差しだそうとした風子ちゃんの手が止まった。表情も固まっている。

「この間送ってくれた人のこと覚えてるよね。あの時はごまかしたけど、恋人なの」

「……へえ」

「もう一年になる。風子ちゃんがクリスマスを楽しみにしてくれているのは分かるけど、年末に家に戻るから今年は……ね？」

「ダメよ」

ああ、そう言うと思った。どうして風子ちゃんはここまでイベントを大事にするのだろう。

カタンと音を立てて、皿がもとの位置に戻された。

「あの人はダメ」

はっきりと言い切った風子ちゃんに、思わず眉をひそめてしまった。

「え、クリスマス会じゃなくて……冴木さんがダメなの？」

「この間会った時、様子がおかしかった。逃げるように帰っていったじゃない」

「誰もいないと思っていたからでしょ。急に家族に会ったら誰だって驚いちゃうし」

「それでもダメなの」

こんな風に強い口調で言われたのは、東京行きを反対された時以来だ。

ケーキを注視しながら風子ちゃんは苦しそうな表情を浮かべている。

「これは母親の直感よ。あの人はやめておいたほうがいいと思う」

「ひどい。ろくに会ったこともない人のことをなんでそんな風に言うの？」

「分かるのよ。絶対にダメなの。陽葵ちゃんは私とクリスマス会をやるの。決まりね」

無理して作られた笑みから顔を背けた。

『家族や恋人や友だちも同じ。君に関わる人たちが無意識に、時には意識的に君の心を殺していく』

篤生の言葉が解くことのできない呪いのように耳に響く。

風子ちゃんや冴木さんが私を殺す……？　それじゃあ、私の味方は誰もいないことになるじゃない。

「私……イヴは帰らないから」

「陽葵ちゃん」

「もう私は子どもじゃない。誰を好きになろうが風子ちゃんには関係ない」

お腹の中が急激に熱くなっている。怒りの火種が大きくなったのが自分でも分かった。

「勝手すぎるよ。私の都合も考えず急に押しかけてきて。母親の直感なんて嘘。クリスマス会をやりたいがために冴木さんのことを悪く言うなんて信じられない！」

「違う。そうじゃ――」

「じゃあなんでそんなこと言うのよ。娘の好きな人を悪く言うなんてひどすぎるよ！」

迷うことなく次の言葉が喉にせりあがってくる。反対する理由が直感だなんてあんまりだ。

「もう帰って」

「…………」

「風子ちゃんといたくない。今すぐに帰ってよ！」

悔しくて泣きたい気持ちを堪えてにらみつけると、風子ちゃんはゆっくりと視線を落とした。

やがて転がっていたトランクを手繰り寄せ、力なく開く。うつろな目で近くにあったスマホ、タオル、部屋着を詰めこんでいく。

今日は絶対に謝らない。一度会っただけの冴木さんを悪く言うなんて許せない。彼はいつだって私を心配してくれて助けてくれたのに。

……ああ、でも今日は社長の攻撃から助けてくれなかった。誕生日プレゼントももらえず、明日もサークルのせいで会えない。

風子ちゃんのせいでネガティブなことばかり考えてしまう。

「じゃあ、帰るね」

ケーキの横にいつものように手紙がそっと置かれた。

「よかったら読んでね。……あ、これじゃない」

トランクを開くと、ほかにも何通かの手紙が見えた。そのうちの一通と入れ替えたあと、風子ちゃんはおずおずと上目遣いになった。

「年末年始は……」

「帰るか分からない。しばらくは顔を見たくないから」

「寒い日が続くから温かくしてね。本当に……ごめんなさい」

ついていないテレビに顔を向けた。やがてドアが開き、閉まる音がする。

これでよかったんだ。

風子ちゃんにもいい加減大人になってもらわないと。

そのままベッドにごろんと横になると、やけに蛍光灯がまぶしく光っていた。


クリスマス・イヴは朝から冷たい雨が降っていた。

出勤した時から嫌な予感がしていた。

社長と夏帆さんが出勤時間になっても現れず、リモート社員の寿さんから社長と連絡が取れないという報告があった。私も夏帆さんに電話をしてみたけれど、電源が入っていないらしく留守番電話サービスにつながってしまった。

耳を澄まさないと聞こえないほどの雨音なのに、オフィスを侵食しているように感じる。

オンライン会議を終えた冴木さんが、給湯室でコーヒーを淹れにいった帰りに夏帆さんの椅子に腰を下ろした。

「なんか嫌だね」

「ええ。気になります」

もう昼前だというのに夏帆さんからの連絡はないままだ。

「夜には上がってるといいんだけどな」

「え？」

冴木さんは「だって」と野田さんの席を窺いながら小声でささやいた。

「せっかくのイヴだから雨だと困るよね」

ああ、今夜のことを言っているんだ……。

私が軽くうなずくと、彼はいつもの笑みを残し、席へ戻っていく。

今日は久しぶりのデート、しかもイヴ。彼が楽しみにしているのは不自然ではない。だけど今の状況で……？

余計なことを考えるのはやめて動画の納品作業を進めていく。

あれから風子ちゃんの電話を無視し続けている。でたらまたケンカになってしまいそうだし、今さら謝られても許せない気持ちのほうが強い。

だけど……。鼻歌をうたいながらパソコンに向かう冴木さんを見る。

自分の中に小さな違和感が日々育っているような気がするのは、風子ちゃんの言葉に引っ張られているからだろうか。

ため息を落とし、今度は年末調整のデータをパソコンに表示させた。最近ではオンライン申請も多いと聞くが、この会社ではまだ手書きでの申請を続けている。リモート組のひとりの提出が遅れたためようやく今朝、全員分のデータをスキャンしたところだ。

私に任されているのは各項目に記載漏れがないかの最終チェック。

【冴木航】、彼の下の名前を久しぶりに見た気がする。つき合ってもうすぐ一年だというのに、私はまだ苗字でしか呼んだことがない。

項目を指で追っていると、また嫌な予感が胸をざわつかせた。

……冴木さんの言うように雨がやんだなら少しは気分も明るくなるのかな。

デスクに置いたスマホが振動した。画面に夏帆さんの名前が光る。

「もしもし。夏帆さん？」

飛びつくようにでてスマホを耳に当てながら給湯室に向かうと、ちょうどでてきた野田さんとぶつかりそうになった。謝る余裕もないまま給湯室の奥へ進む。

『今日は行けなくてごめんなさい。そっちは大丈夫？』

「はい。あの……社長も来られていないんです」

電話の声より雨音が近くに聞こえている。外で話をしているのだろう、雨をこすって走る車の音が耳に届いた。

『今日はふたりとも行けそうもなくて……ううん、夜には顔はだせると思うんだけど、明日からもしばらく無理そうなの』

「なにか……あったの？」

『動画のほうは終わってるよね？　キリがついたら仕事納めにして休んでもらって構わないから。年末調整は年明けでも間に合うし。ほかの社員には私からメールしておくね』

夏帆さんの様子がおかしい。普段より何倍も早口でしゃべっている。それに、明らかに声に力がない。

電話の向こう、遠くから救急車のサイレンの音がしたかと思うと、ぷつりと途絶えた。

「夏帆さん、今どこに――」

『また電話するね。こっちは大丈夫だから心配しないで』

電話は一方的に切られた。かけ直してもまた電源が切られたらしくもうつながらない。

気づけばデスクに戻り、椅子に座っていた。

言われたとおりここにいていいのかな……。やることはたくさんある。それに今夜は冴木さんとの約束も。

でも……。

スキャンしたデータを仕事用にもらったアドレスに送信してから私は年賀状をバッグに入れて立ちあがる。

「すみません、少しでてきます」

「え？　あ、いってらっしゃい」

いぶかしげな顔をする野田さんと違い、冴木さんはまだ鼻歌をうたっていた。

医大病院へ着く頃には雨は激しさを増していた。

きっと夏帆さんはここにいる。伯母さんになにかあったんだ……。

直感というよりも確信に近い気持ちで、カサをたたんだ。

予想どおり夏帆さんは伯母さんの病室にいた。ベッドの前で微動だにしないうしろ姿を見て、なにが起こったのかが分かった。

「夏帆さん」

声をかけると夏帆さんはビクッと体を揺らせ、ゆっくりと振り向いた。

「どうしてここに――」

顔をくしゃっとさせた夏帆さんが笑ったように見えた。けれど、次の瞬間、眉を八の字に下げてポロポロと涙をこぼしはじめた。

嫌な予感が現実になったことを悟る。

「母が……」

うめき声の合い間に夏帆さんはそう言った。

「お母さんが……亡くなったの」

声だけじゃなく、夏帆さんは体も震わせていた。

私は篤生の言葉を思いだしていた。

陽葵へ

二十四歳の誕生日おめでとう。

あなたが生まれた日のことは今でも忘れられません。

珍しくこの町に雪が降っていました。

窓から見る世界は白色に包まれていて、遅れて到着したお父さんも雪まみれでした。

『雪子《ゆきこ》』という名前が候補に急浮上したほどです。

お母さんはその日に誓いました。

あなたが将来どんな道を選択したとしても、絶対に応援するって。

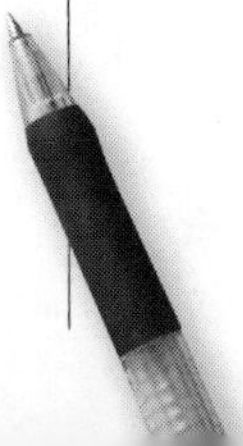

これからの一年が陽だまりのように温かい日々になることを願っています。

母より

幕間

人は、許容以上のことが起きると拒絶を示す生き物。
これは自分に起きたことじゃない。こんな現実、受け止めたくない。
必死で抗うけれど、押し寄せる現実にやがて諦めていく。

ついに今年、運命がうなり声を上げて君を捕まえにきた。
のしかかる不幸に君の心はくじけそうになるだろう。

だけどこの冬はまだ終わらない。さらに大きな痛みが君を襲う。

これまではずっと見なかったことにしてやり過ごしてきた。
今回だって同じようにするつもりだった。
僕になにができるかは分からないけれど、君の助けになれるのなら……。
こんな気持ちになれたのは久しぶりだった。

だから僕はもう一度、君に会いにいく。

二年目②／想いの重さ

篤生に会ったのは、大晦日の昼過ぎだった。

いつもの歩道橋の上、朱色のダッフルコート姿が遅れてきたサンタクロースみたいに見えた。マフラーだけは黒色だけれど。

「今年の冬はよく会うね」

そう言う篤生に力なくうなずいた。

「なんとなく会えるような気がしたから」

伯母さんの葬儀の日以来、ずっと部屋で塞ぎこんでいた。父と風子ちゃんも葬儀に参列していたけれど、ひと言ふた言話したあとは避け続けてしまった。

あれから一週間が過ぎた今日、窓の外を見るとささやかに雪が舞い降りていた。

こんな雪の日なら、また篤生に会えるような気がした。ううん、どうしても会いたかった。

大晦日の町に車の数は少なく、歩行者もそれほど見当たらない。もうすぐ訪れる新年を自宅で迎えるためだろう。

「疲れた顔をしている」

小首をかしげたサンタクロースに素直にうなずく。

「疲れてるから」

「ひどい恰好。せめてマフラーくらいすればいいのに」

「だね」

ヘアオイルもメークもどうでもよかった。コートを羽織っただけの私。ちっぽけな私。情けない私。

「篤生と話がしたかったの」

絞りだす声は涙に負けてしまいそうで。

「僕も――」と言いかけた篤生が言葉を呑みこみ背を向けた。

「ここじゃ凍えてしまうから場所を変えよう」

歩きだす背中に操られるようについていくと、彼は近くの喫茶店に入っていった。ガラス戸に『本日十八時まで。年始は一月五日から』と手書きの貼り紙がセロハンテープで留めてあった。

このあたりに年末まで開いている店は少ないらしく、小さな喫茶店はほぼ満席だった。女子高生らしき四人組が篤生をチェックしたあと私に視線を向けてくる。

せめてメークだけでもしてくればよかった。

そんなことを思う自分が情けなくなる。夏帆さんはこの瞬間もきっと苦しんでいるのに。もう伯母さんはこの世にいないのに。

奥にある四人掛けのテーブルに座ると、篤生はマフラーとコートを脱いだ。私はもう少しこのままでいよう。暖房の効いている場所に来たのに逆に寒さを感じるなんて不思議。

オーダーを済ませそれぞれの前にコーヒーが運ばれてくるまでの間、私たちは無言だった。女子高生のはしゃぐ声がやけに響く。

コーヒーで唇を湿らせる私を篤生はじっと見つめている。なにか言わなくちゃ……。でも、なにから話せばいい？

次々と起こる出来事に、頭の中が混乱している。

「手、だして」

「……え？」

「昨日までのことは分からないけれど、触ればなんとなく今と未来は分かるから」

白い手をテーブルの上に広げる篤生。前に触れられた時に伯母さんのことを言っていた。なぜあの時にもっと詳しく聞かなかったのだろう。ううん、伯母さんが亡くなることをあらかじめ知っていたら、それこそ耐えられなかっただろう。

一瞬で私の未来を予言した篤生に触れるのは、やっぱり怖い。おどおどと右手をテーブルの上にだすけれど、意思に反してすぐに引っこめてしまった。

「怖いの……。これ以上嫌なことを知りたくない」

「そっか」

自分で拒否しておきながらあっさりと膝の上に戻された手を、残念な気持ちで見る。

「じゃあ陽葵の言葉で話をしてみて。時系列とかぜんぜん気にしなくていいから」

篤生は私のことを『サニーサイドな人』と言っていた。陽の当たる幸せな道を歩んできた人だと。

今じゃまるで逆だ。冬に消えそうな私と、澄ました顔でコーヒーを飲んでいる彼。

店内を薄暗く感じるのは気持ちが落ちているせいだろう。周囲で起きる笑い声が渦巻き、低い天井をぐるぐる回っているみたい。

「伯母さんが亡くなったの」

「あの入院してた人のこと？」

「そのことを言ってたんじゃないの？」

驚く私と同じくらい篤生も目を見開いている。てっきり篤生はぜんぶ分かっているものだと思っていた。

「ただ、イメージとして視えるだけだから。病院の建物とか君の周りにいる人影から鎖のようなものが伸びている感じ。そうか……亡くなったんだね。陽葵だけじゃなく、家族も悲しいよね」

やさしい声の篤生に思わず視界が歪んでしまう。体に力を入れて涙を堪えた。

「手術は成功したって聞いていた。だけど、本当はそうじゃないことを夏帆さんは知ってて……。でも私たちには内緒にしていて……」

私たちに心配をかけまいと夏帆さんは平気な顔で振る舞っていた。胸をえぐられるほどの苦しみに耐えていたのだ。

葬儀の日、夏帆さんは言っていた。

「最初、私にだけ告知されてね、本人にも社長にも内緒にしていたの。だけど、やっぱり知る権利があると思って、社長にだけ少し前に話したの」

野田さんの顔がふわりと浮かんだ。

「でも、亡くなる少し前にお母さんが言ったの。『あとはよろしくね』って。聞いたら、あの人が――社長が耐え切れずに病名を話してしまったんだって。こんな大事なことまでしゃべってしまうなんて許せなかったけれど、今では私も社長も、最後にちゃんとお母さんと話せてよかったと思う」

忘年会のキャンセルを告げた時の夏帆さんは、今思えばいつもと違った。あれは社長への怒りがあふれてしまったせいなのかもしれなかった。

社長の気持ちも少しは分かる。妻が亡くなることを娘に隠されていたのはつらい。

「伯母さんの死によって、君につながっている鎖は色を変えた」

篤生は静かにコーヒーを飲んだ。

「その鎖のせいで私は死ぬ運命なの？」

「違う」

秒で否定したあと、篤生は私をまっすぐに見つめた。

「人は誰しもいろんな鎖でつながれている。その鎖に意味を持たせるのは君自身なんだ。僕が視た君の未来は、鎖を死の色に変えてしまっていた。運命を変えるということは、君に絡まっている鎖を自分の力で違う色に変えることなんだよ」

「……ごめん。ぜんぜん分からない」

素直に答える私に篤生は水の入ったコップを前にだした。

「リフレーミングだよ」

「リフレ……？」

「リフレーミング」

ゆっくりと言うと、篤生はコップの水を指さした。

「ある出来事に対して今とは違った見方をあえてしてみることで、意味合い自体を変えてしまうこと。今の君はこの水を見て『もう半分しか残っていない』と思っている。だけど考え方によっては『まだ半分も残っている』と捉えることもできる」

たしかにそういう考え方もできるかもしれない。

「鎖だって同じだよ。君が死へと導かれる未来を変えたいなら、自分自身で意味合いを変える努力をしなくちゃいけない」

言っている意味は分かる。だけど、誰かの死をプラスに考えるなんてとてもできない。

じっと黙っていると、篤生はふいに宙に目を向けた。

「僕が視えた未来の君は、何本もの鎖に絡まったまま息絶えていた。君が自殺するのか事故に遭うのか、もしくは心だけが死ぬのかは分からない。でもこのままじゃ、二年後に君は死ぬ」

さっきまで騒がしかった音が聞こえない。見ると、女子高生がギョッとした顔を私たちに向けていた。

「篤生、あの――」

物騒な話をしていると思われているのだろう。声を潜めるけれど、篤生は気にした様子もなくあごに手を当てた。

「運命を変えることは自分にしかできない。それを理解してくれたのは今のところひとりしかいない」

たしか前に会った時もそんなことを言っていた気がする。

「その人は篤生の言うことを信じて行動したんだね」

「最初はぜんぜんダメだった。でも、ギリギリのところでかろうじて運命に立ち向かってくれたんだ」

懐かしそうに顔をほころばせる篤生は、いつもより子どもっぽく見えた。が、すぐに表情を曇らせてしまう。

「触れた人全員の未来が視えるわけじゃないんだ。数年後に死ぬ人にだけ絡みつく鎖が視えてしまう。最初のうちはアドバイスをしたけど、皆気持ち悪がって遠ざかってしまった。まあ、自分でも気持ち悪いと思うし」

篤生はどれほど孤独な思いをしてきたのだろう。その能力のせいで人と距離ができ、今では自ら離れようとしている。

「今では人となるべく関わらないで済むように派遣社員として工場で働いている」

「誰にも触らないで済むように？」

「そういうこと。本当はこの力をなにかの役に立てたいけれど、決して歓迎される予言じゃないしね」

コーヒーからもう湯気はでていなかった。意味もなく取っ手を触ると、氷のように冷たく感じた。

あの日、篤生が私に触れたことで視えたという未来。最初は信じなかったし、今でも半信半疑な気持ちが残っている。

けれどリフレーミング——違う見方をするなら、私が変われば未来だって変えられる可能性があるということだ。

テーブルの上に両手を差しだすと、篤生の頬筋に力が入るのが分かった。

強く握られた手の周りに、見えない鎖をたしかに感じた。


アパートの前まで戻ると、風子ちゃんがいた。

降る雪に抵抗もせずにじっと立ち尽くしている。着ている厚手のジャンパーが白いせいで、雪だるまを連想させる。

たしかに不在着信が今日はやけに多かった。心配して来てくれたのだろう。

私に気づくと、風子ちゃんは顔をくしゃっとさせて泣きだした。

「陽葵ちゃん。大丈夫？　大変だったね、苦しかったね」

オイオイと泣く風子ちゃんを部屋に連れていく。暖房をつけてから荷物を預かるが、ほとんどがスーパーで買った食材だった。

　ココアを作っている間、風子ちゃんは部屋の隅で洟を啜りながら震えていた。

「ずっと待ってたの？」

「うん」

　前回のことがあるから合いカギを使うのはやめたのだろう。

「陽葵ちゃん、この間はごめんね。あんなこと言うつもりじゃなかったの」

「あ、うん。もういいよ」

「あたし余計なことばっかり言って、本当にごめんね。ごめんねえ……」

　顔を天井に向け「うわーん」と声にだして泣いている。これじゃあどっちが子どもなのか分からない。

「もういいってば」

「……怒ってない？」

「怒ってないよ」

　そう言うとやっと安心したのか、勢いよく風子ちゃんがその場に立った。

「今日はね、料理を作りに来たの。終わったら帰るから安心してね」

「うん」

　冴木さんと会う約束は一月三日。初詣に行く約束をしている。

　泊まっていけば、と言ってあげたいけれど、今日はひとりでいたかった。

「伯母さんのこと、大変だったわね」

キッチンで大きなカブの皮を剝きながら風子ちゃんがつぶやくように言った。

「私より夏帆さんや社長のことが心配」

「葬儀ではしゃんとしていたけど、そうとうつらかったでしょうね。多めに作るから持っていこうかな」

私も会いたいな、夏帆さんに。だけど、こういう時になんて声をかけていいのか分からない。

「今、冴木さんと会っていたの？」

そう尋ねたあと、風子ちゃんはハッとした顔をして包丁を目の前で横に振った。

「違うの。もうぜんぜん反対してないのよ。ただ聞いただけだから」

「気になってるんでしょう？」

「うう……」

とうつむく風子ちゃんが、目だけでこっちの様子を窺っている。

しょうがない、と私も横に並ぶ。年越しそばを作るのかと思ったら、お餅が置いてある。

気の早い雑煮を作るようだ。

鍋に水と昆布を入れ、一緒にだし汁を作ることにした。

「冴木さんには最近会ってないよ。あんなことがあったし、しばらくは約束してない」

彼は葬儀の最中に『今度いつ会える？』と聞いてきた。

前はのん気でいいなと思えたそんな性格が無神経に感じられた。これも篤生の言うリフレーミングの一種なのだろうか。

冴木さんのことは変わらず好き。風子ちゃんに反対されたからってなにも変わらない。けれど、違和感のようなものがずっと胸にこびりついている。

篤生は彼もまた、私の体に絡まる鎖のひとつだと言っていた。

『陽葵の周りにいる人は、皆、秘密や嘘を抱えているみたい。なにかは分からないけれど、いつか本震が来ることを覚悟しておいたほうがいい』

そんなことを言っていた。自分の両手を見てみるが、鎖はやっぱり見えない。いろんな人から伸びた鎖が絡まっているとしたら、私から伸びた鎖は誰に向かっているのだろう？

グスッと洟を啜る音に、思考の世界から現実に戻る。

「冴木さんのこと、もう反対しないって約束するから。本当にごめんね。お父さんにも『余計なことを言わないように』って怒られちゃった」

照れたように丸い頬で笑う風子ちゃんを、もう許すことにした。風子ちゃんのいいところは、自分が悪い時はきちんと謝るところだ。逆の場合、私はなし崩し的に日常に戻そうとするくせがある。

「そういえば、手紙読んでくれた？」

思いだしたように風子ちゃんが顔を上げた。

「手紙？　あ、うん」

「あれ読んでどう思った？」

油揚げから油を抜くために風子ちゃんはポットのお湯を大量にかけている。白い湯気で風子ちゃんの横顔が見えない。

「雪子って名前をつけようと思ってたの？」

そう言うと、風子ちゃんは「ああ」と目を潤ませた。

「冬が好きだからそうつけたかったの」

「私が生まれた日に雪が降っていたからじゃなかったっけ？」

「あ、そうなの」と、風子ちゃんが油揚げをしぼりながら言った。

「あの日の雪はすごくって、電車も止まるほどだったの。覚えていてくれたのね」

こないだもらったばかりの手紙なのに忘れるわけがない。それよりも、うれしい話のはずなのに風子ちゃんの浮かない表情が気になる。

「あとは私の選んだ道を応援するとかなんとか。そんなこと書いておきながら、冴木さんとのことは反対したくせに」

そこまで言って思いだした。

「そういえば、前も恋愛に反対しているくせに手紙には『応援してる』って書いてたよね？　たまに反対のことを書くのはなぜなの？」

言葉に詰まったのか、風子ちゃんは黙って箸の先を油揚げに押しつける。

「手紙を書いている時はそういう気持ちだったの。感情にも時差があるの。昔からあたし、あまのじゃくだって言われてたんだよね。自覚症状はないけど。あ、お肉も茹でちゃうから切ってくれる？」

「この鶏肉でいいの？」

「それそれ。年末って物価が上がるから嫌よねぇ」

久しぶりに風子ちゃんとたくさん会話をしている気がする。年が変わる前に仲直りができてよかった。

「風子ちゃん」

「ん？」

「明日、私も夏帆さんに会いにいこうかな。夏帆さんがそんな気分じゃないなら、玄関に料理を置いてきてもいいし」

そう言うと、風子ちゃんはうれしそうに頬の肉をもりっと上げた。

「それなら助かるわ。お父さんに内緒で来ちゃったから心配してると思うし」

「え？」

「紅白歌合戦がはじまる前に戻りたいから、陽葵ちゃんひとりで行ってくれる？」

さっきは会いにいくって言ってたのに。感情に時差があるというのは本当らしい。

「陽葵ちゃん、お餅何個食べる？　あたし、五つ」

風子ちゃんは餅の包み紙を剝がしながらそう宣言した。

料理を持っていこうと思っていると電話をしたところ、夏帆さんはとても喜んでくれた。初七日法要が終わったものの、買い物にいく気にもなれなかったらしく、途中でコンビニに寄ってデザートを買うというミッションも追加された。

夏帆さんの家に着く頃には、夜に抵抗するように夕暮れが空で燃えていた。茜色の空は秒ごとに藍色に侵食されていく。

もう伯母さんはこの世にいないんだ……。

込みあげてくる悲しみを封印してチャイムを押す。ドアが開き、少しやせた夏帆さんが顔をだした。

お悔やみの言葉を言う前に「入って入って」と夏帆さんはリビングに通してくれた。

「初七日まではにぎやかだったでしょう？　今じゃ社長も逃亡中。陽葵ちゃんが来てくれてうれしいの」

社長は取引先の幹部と飲みにでかけているそうだ。大晦日なのにつき合わされる相手がかわいそうになる。

料理の入った紙袋を渡すと「わあ」と宝物でも発見したように夏帆さんは興奮している。雑煮には個包装の餅が五つ添えられていて、ほかにも風子ちゃんが家で作ってきたという黒豆や煮物、かまぼこなどが入っている。

「おせち料理って地味だけどそこが好き」「数の子ってたまに食べたくなるよね」「風子さ

んにも会いたかったなあ」「デザートもうれしい。これでしばらく籠れるよ」

紅茶を淹れながらとめどなく話す夏帆さん。きっと悲しみを忘れようと必死なのだろう。

『君の周りにいる人影から鎖のようなものが伸びている』

篤生は喫茶店で、私の手を握ったまま残念そうに言った。

私に関わるすべての人が私を死へと導いている。誰もが秘密を抱えていて、それが私の死の原因だ、とも。

ソファに並んで座り、私たちは気の早いおせち料理を食べた。テレビでは『今年の十大ニュース』という振り返り番組が小さな音量で流れている。

「紅茶は合わなかったね」

箸で黒豆をつまむ夏帆さんに、なにか言葉をかけてあげたい。だけど、テレビの横に飾られている伯母さんの写真を見るとなんの言葉も浮かんでこない。

悲しくて仕方ないだろうな。私だって風子ちゃんや父がいなくなったら耐えられないし……。

「陽葵ちゃんは――」

「え？」

ぼんやりしていて聞いていなかった。夏帆さんが小さく笑った。

「陽葵ちゃんはずいぶん変わったね。男の子みたいに走り回っていたのが嘘みたい」

「そんな昔と比べる？　それを言うなら夏帆さんだって別人だよ」

「それもそうか。初めて会ったのは二十年くらい前だもんね」

「私は記憶にないけどね」

気づいたら従姉として夏帆さんがいた感じ。

「葬儀の時に春哉《はるや》がいたの分かった？」

「え、春哉さんいたの？」

夏帆さんの兄にあたる春哉さんに会ったことはほぼないに等しい。親との仲が悪く、春哉さんが早くに家を飛びだしたせいで正直顔も忘れてしまっている。

「『俺は家族じゃないから』ってうしろの席に隠れるように座ってた。社長も分からなかったんじゃないかな、髪形とかもずいぶん変わってたし。で、気づいたらいなくなっていたの」

「そうだったんだ。会いたかったな……」

「陽葵ちゃんのことは覚えてたみたいよ。『あれ陽葵だろ？』ってこっそり聞いてきたし」

「ぜんぜん知らなかった。今、どうしてるの？」

「さあ」と夏帆さんはさみしそうに笑った。

「仕事はしているみたいだけど、住んでいるところも教えてくれなくてね。相続も放棄するって言っていたし。あ、でも結婚したんだって。もう子どももいるなんて信じられない」

テレビからにぎやかな笑い声がしている。十大ニュースだけでは間が持たなかったのだろう、動物のおもしろ映像が流れていた。

「私に家業を押しつけて逃げたのを申し訳なく思っているんだろうね。そんなこと気にしなくていいのに」

昆布巻きを小皿の上でふたつに割った夏帆さんが「ああ」と顔をしかめた。

「せっかく来てくれたのにこんな暗い話をしてごめんね。もっと楽しい話をしよう」

テレビのリモコンを手にすると、夏帆さんはボリュームを上げた。にぎやかな音が、私たちの間に見えない壁を作る。

「陽葵ちゃんは旅行とかって行かないの？」

夏帆さんは長い髪をなぞりながら唐突にそう聞いた。

「そういう質問をするってことは夏帆さん、なにか予定があるんだね」

へへ、とうれしそうに笑った夏帆さんが「実は」と声をひそめた。

「ゴールデンウィークに彼と旅行に行こうかなって。あ、社長には言わないでよ」

「もちろん言わないよ。で、どこに行くの？」

幸せな人を見ているとこっちまで幸せな気分になる。

「彼はグアムに行きたがってるんだけど、私は北海道に行きたいんだ。初夏の北海道でアスパラガスを食べたいの」

よく分からない理由だけど、

「私ならグアムのほうがいいな」

素直にそう言った。ビーチでのんびりするのも楽しそうだ。

「陽葵ちゃんは飛行機酔いするから難しいんじゃない？　せっかく免許取ったんだから車で四十七都道府県をぜんぶ訪れるとかにしたら？」

「ぜんぶなんて、一生かかっても無理だよ」

「陽葵ちゃん、パスポートって持ってるんだっけ？」

「持ってない」

「じゃあしばらくパスポートを作るのは禁止ね。取得しちゃったら絶対行きたくなるから」

「それ、風子ちゃんにも言われた」

とりあえずうなずくと、夏帆さんはテレビに映るネコを見てニコニコ笑っている。

こういうザ・年末特番を見るのは久しぶりだ。冴木さんは今頃なにをしているのだろう。

少しは私のことを想ってくれているのかな……。

「陽葵ちゃんの今年のニュースってなに？」

「ニュース……」

考えるまでもなく、私にとってのニュースは毎年死が近づいていること。

篤生は言っていた。誰もが私に嘘をついている、と。嘘は鎖になって私に絡みつき、やがて私を死へと追いやる。

それを変えられるのは自分自身だとも言っていた。

「今年もね、〝冬の君〟に会ったの」

「え!?　そうなんだ。で、なにか言われたの？」

興味津々の顔で聞いてくる夏帆さんに、無意識に背筋を伸ばしていた。

「実は会うのは今年二回目なの」

「二回目？」

「前は会ってないって嘘をついちゃった、ごめん。私自身、予言を信じてなかったし、今も100パーセントは信じてない。だって、あまりにもヘンなことを言うから」

「死の予告でしょう？　私だったら警察に言うレベルだもん」

クスクス笑う夏帆さんに私はかぶりを振った。

「だけど、篤生に指摘されたことの中に心当たりがあることもあったの。皆が隠している秘密や嘘に苦しんだ挙句、私は死ぬんだって」

ふいに部屋の温度が下がった気がした。

なにか思い当たることがあるのだろう、夏帆さんの顔から笑みが消えている。

「それを聞いて逆に思い当たることがあるの。私も皆に嘘をついている。だから、今日は夏帆さんに本当のことを話したくて来たの」

毎日の中に嘘はたくさんまぎれている。最初に嘘をついたのが私だったとしたら、自分からそれを告白することで絡まった糸が解けるように本当のことが見えてくるかもしれない。そう思った。

私が本気なのを知ったのだろう、夏帆さんは迷ったように視線をさまよわせたあと、テレビを消した。

すう、と息を吸うとお腹のあたりがヒリヒリした。

「私……冴木さんとつき合っているの」

もう夏帆さんの目を見ることができない。

「去年の大晦日からつき合っているから今日でちょうど一年。同じ会社だし、社長は社内恋愛をよく思わないから夏帆さんにも言えなかった。ごめんね」

「……そうなんだ」

あいまいにうなずいたあと、夏帆さんはスッと立ちあがった。

「ごめん。ちょっとここで待っててくれる？」

「あ、うん」

「すぐに戻るから」

リビングをでたあと、階段をのぼる足音が聞こえた。

……怒ったのかな。

不安が波のように押し寄せてくる。けれど不思議と後悔はなく、ずっとのしかかっていた重しが取れたような気分だ。社内恋愛を告白された夏帆さんにとっては複雑な話かもしれないけれど……。

しばらくして戻ってきた夏帆さんは、ふたつに折った用紙を胸に抱いていた。

「私も嘘をついていたことがあるの。嘘っていうか、疑っていたっていうか……」

恐るおそる差しだされた用紙は年末調整の申告書。ついこの間までチェックしていたから覚えている。

「ここを見てほしいの」

右上に申告者である冴木さんの氏名が記されている。夏帆さんが指さしているのはその横にある配偶者の有無だった。

無にマルがついているが、有にもマルがあり、上から二重線と訂正印が押してある。

そういえば……チェックした時、不思議に思ったけれど、単純なミスだと思い、流してしまった。

「彼、中途で採用されたことは知ってるよね。最初の年にだしてもらった申告書のこの部分が空白だったから記入してもらったの。その時、しばらく悩んでいるように見えて……。まあ、これは今思えば、の話だけどね」

予想外の言葉に用紙をただ見つめることしかできない。

「去年の申告書は無にマルがついていた。だから勘違いだったと思って、そのことも忘れていたんだけど……見たの」

「見たって……？」

嫌な予感がじわりと胸に染みこんでくる。

「国府台に洋服を買いにいったよね？　私、日曜日はあのあたりを散歩したりすることが多くって」

そこで言葉を区切った夏帆さんは、迷いながらも口を開いた。

「去年の秋くらいかな。冴木さんを公園で見かけたの。女性と三歳くらいの子どもと一緒に遊んでた」

そんなことがあるはずがない。だって毎週日曜日はサークルに顔をだしているはず。

「男の子だったんだけどね、冴木さんのことを『パパ』って何度も呼んでいたの」

ぐらんと視界が揺れた。思わず夏帆さんの顔を見ると、スッと目線を外されてしまう。

「……勘違いじゃなくて？」

ちぎれるほど強く握っていた申告書をローボードの上に解放した。シワだらけの紙を見ながら必死で理由を考える。

「冴木さん、日曜日はテニスのサークルに行ってるの。たとえばそこにいる人と仲良くなって――」

そんなわけがない。言うそばから頭ではその可能性を塗りつぶしている。

申し訳なさそうに夏帆さんは首を横に振った。

「冴木さんも彼のことを『れんと』って呼んでた」

「れんと……」

「私、見ちゃいけないものを見てしまった気がして、そのまま逃げるように帰ったの。個人情報だし、言いたくない事情があるんだと思ってなにも聞けなかった」

途中で絞りだすように苦しそうな声になっていると気づいたのだろう、「たぶん」と夏帆さんはわざと明るく言った。

「もう離婚しているんだよ。それなら申告書に虚偽はないわけだし」

ぐるぐるぐるぐる、冴木さんとのいろんな場面が頭の中で上映されている。離婚の話どころか結婚していて、それも子どもがいるなんて話、これまで聞いたことがない。

「冴木さんと仲がいいのは気づいてた。だから、一度尋ねたことがあったよね？」

あれはまだ冴木さんとつき合う前のことだった。あの時、好意があると素直に答えていたなら、夏帆さんは今のことを教えてくれていたのだろう。

「私が嘘をついたから……」

自分のついた嘘がどんどん問題を複雑にしている……。だけど、あの状況で素直に答えられなかった自分も責められない。

「違うよ。ヘンなこと言ってごめんね。でもいつか陽葵ちゃんには言わなくちゃって思ってたから」

違う。私が嘘をついたせいだ。申告書の訂正印をぼんやり見つめる。

もし離婚しているとしたら、いつ私に言うつもりだったのだろう。ううん、ぜんぶ夏帆さんの勘違いかもしれない。私が悶々としていると、慌てたように夏帆さんが口を開く。

「なにか事情があるのかもしれない。もともとは私が確認しなかったからだし、私から本当のことを――」

「大丈夫だよ。自分でちゃんと聞くから」

伯母さんが亡くなって大変な時にそんな些細なことに巻きこむことなんてできない。それに、鎖の色を変えるのは自分自身だから。

簡単に崩れそうな決意を隠してうなずくと、夏帆さんは少しホッとした表情になった。

「行ってみたいところがあるの」

初詣の帰り道、そう提案した私に、冴木さんはいつものようにやさしくほほ笑んでくれた。

が、国府台駅で降りたあたりから彼が緊張のオーラに包まれるのが分かった。歩道の端っこを背の低い私に隠れるようにうつむきがちに歩いている。

「行きたいのってどこ？　このあたりはなんにもないよ」

足取りは重く、今にも逃げだしてしまいそう。さっきまで見せてくれていた笑みはもう、ない。まるで一歩歩くごとに真実に近づいているようだ。

しばらく歩くと夏帆さんが教えてくれた公園があった。三が日最後の午後、小さな公園には人の姿もない。

ベンチに座り、あの日夏帆さんが見た光景を頭に浮かべた。たしかに私が同じ立場でも聞くに聞けなかっただろう。

「風子ちゃんってね、動物みたいに勘が鋭いの」

「へえ」

心ここにあらずの答えが返ってきた。

「予言者みたいに、言うことが当たってることもあって――」

「それよりここ寒いよね。雪も降りそうだし、せっかくだから電車に乗ってなにかおいしい物でも食べにいかない？」

彼は川の向こうに戻りたがっている。きっと、ここにいると家族や知り合いに会ってしまう可能性があるから。ひとつひとつの会話が彼の秘密に触れている気がした。

「風子ちゃんに会った日のこと覚えてる？　あの日に言ってたの。『冴木さんだけはやめておきなさい』って。それで久しぶりに大ゲンカしたんだよ」

「いきなり家に行ったから……。きっと嫌われちゃったんだね」

心ここにあらずの様子で、冴木さんは公園内をそっと見渡している。

「冴木さん……なにか隠していることはない？　秘密にしていることがあるなら教えてほしい」

意を決して尋ねたのに、

「ないよ」

冴木さんは白い息をこぼした。

ああ、やっぱり言ってはくれないんだ。

――真実を聞いたなら、きっと私は傷つくでしょう。

ひょっとしたら彼に会いたくなくて仕事にも行けなくなるかもしれない。そう思うと、今にも泣いてしまいそうになる。

寒そうに体を縮こまらせている冴木さんを見れば、まだ好きだと思う気持ちがあふれだす。彼のくれた愛が、幸せが、リアルに浮かぶだけに余計に現実から目を背けたくなる。

今でもなにかの間違いであってほしいと願っている。この一年で冴木さんが見せてくれたやさしさは本物だったと信じている。

もしも離婚の事実を隠していたとしても、言いたくない事情があるに違いない。わずかな希望にすがりながら、気丈に背筋を伸ばした。

「正しいと思ったことを全力で押しつけてくるからウザい時もあるけど、風子ちゃんは嘘をつかないの」

「とりあえず行こうよ。もう凍死しちゃいそうだ」

……風子ちゃんは正しかった。なにも分かっていなかったのは私のほうだったんだ。

ヒリヒリと焼けるように痛い胸を押さえ、すうと息を吸った。

「この公園に『れんと』くんとよく来ているの？」

「え……」

冴木さんはぽかんとした顔をした。

「日曜日、三人で公園に来るの？　そのことを、いつ告白するつもりだったの？」

詰問するつもりはなかった。むしろやさしく時間をかけて尋ねるはずだった。

昨日、眠れないほど悩んで聞き方をシミュレーションしたのに、いきなり本題を突きつけてしまった。

金魚のように口をパクパクしている冴木さんから、誰もいないブランコに視線を移した。もう答えを言われたようなものだった。

「違う……ごめん。違うんだよ」

それなのにガチガチと歯を鳴らしながら否定するのはなぜ？

「違うって、どういう意味？」

わずかな期待を持つ自分がかわいそうに思えた。

「それは……」

「奥さんはいないの？　れんとくんは他人の子どもなの？　事情があって『パパ』って呼ばせているの？」

「それも……違う」

うなだれるように頭を低く垂れた冴木さんがまた「ごめん」と言った。

沈黙の間、指先がどんどん冷えていく。それなのに、冴木さんへの想いは冷めてくれない。自分から聞いておいて、否定されることを望んでいる。

ああ、こんなにも冴木さんのことが好き……。

「妻とは――」

聞きたくない言葉が耳をざらりと舐めた。

「ずっとうまくいってなかった。転職のタイミングで別居を切りだした。蓮人《れんと》が一歳の時だからもうすぐ三年で、俺はもう妻に愛情はなくて、別れたくて。だけど別れてもらえなくて、日曜日は息子に会いたくて……」

歯切れの悪い言葉が北風にあおられ、うまく聞き取れない。

夏帆さんの予想は当たっていた。せめて離婚していて、という願いが、音もなく崩れていく。

が、泣くかな、という予感は外れた。好みではない物語を無理やり聞かされているような気分。聞きたくない、逃げたい、眠ってしまいたい。

「妻は離婚をしないと言い張っている。でも、別居期間が長くなれば、夫婦関係が破綻していることを認めてもらえるんだ。調停をおこない、その後裁判を起こすつもり。そうすれば陽葵と一緒にいられる」

冷えた手に彼の手が重ねられた。

「本気で陽葵のことを好きになってしまったんだ」

「……いつ、私に言うつもりだったの？」

言葉に詰まった冴木さんが、ゆっくりと視線を下げた。

「離婚が成立したら言うつもりだった。本当なんだ……」

その言葉に嘘はないように思える。

冴木さんのことを好きだという自分の気持ちにも嘘はないと断定できる。

ああ、そっか……。

つき合いだしてからたまに感じた違和感の正体がやっと分かった。

飲み会の日、社長に叱られた時、夏帆さんと社長が出社しなかった時、いつも彼は逃げだしていた。見せるやさしさは本物でも、いざという時にはいつだっていなくなってしまう。結婚生活においても同じだったのだろう。

「陽葵」

彼は私の名前を呼んだ。

「もう少し待っていてほしい。必ず幸せにするから」

私が好きだった冴木さんはここにいる。新しい一面を知ったことで揺らぐほど弱い気持ちじゃない。

だけど、だけど……。

握られた手を離し立ちあがると、冴木さんはハッとした顔になった。

「私も冴木さんのことが本気で好きです」

「だったら――」

「でも、今日で終わりにしたい」

「……嫌だ。どうして好き同士なのに別れなくちゃいけないんだよ」

先に嘘をついたのはあなたのほう。それなのになぜ傷ついた顔をしているの？

ああ、そっか……。煉也も同じ気持ちだったんだとやっと分かった。私が東京に行くことを決めた日に、彼の中で恋は死んでしまったんだ。

元カレを思いだしながら別れを告げているなんて不思議。あの日の別れと違うのは、恋の終わりをこんなにも悲しんでいること。

やっと本当の恋を見つけたのに、自らこの恋の命を絶とうとしている。

「嘘からはじまった恋だから。嘘を隠すために嘘をつくしかなかったんだよね？」

ひとつ露呈してしまえば、嘘のコーティングはあっけなくはがれる。テニスの話もきっと嘘。蓮人くんに会える日曜日だけは空けておきたかったのだろう。

「陽葵を想う気持ちだけは本当なんだ。もう嘘をつかないって約束する。二度と悲しい気持ちにはさせないから」

絡みつく鎖の色を変えられるのは自分だけ。揺らぎそうになる気持ちを堪えて首を横に振った。

「ごめん。私も嘘をついていた」

「陽葵……」

「冴木さんのこと、もう好きじゃない」

風が公園をえぐるように吹き荒れている。

冴木さんをひとり残して公園をでた。

早足で住宅街へ抜ける。今、冴木さんが追いかけてきたら嘘がバレてしまう気がして。

コンビニの前で立ち止まった時には額に汗が浮かんでいた。

逃げているのは私も同じだ。

これでよかったんだという気持ちと、今すぐにでも戻りたい気持ちがせめぎ合っている。私の恋はまだ息絶えていない……。

仕事はじめの日はどういうふうに振る舞えばいいのだろう。夏帆さんにはなんて報告しよう。勘の鋭い野田さんに気づかれてしまうかもしれない。

社長が社内恋愛を快く思わない気持ちが分かった。燃えている炎も、あとに残る残骸も、同僚にとっては迷惑以外の何物でもないから。

さっきから何度もスマホが震えている。冴木さんからだと思ったら画面には『風子ちゃん』の文字が浮かんでいた。

「風子ちゃ――」

『陽葵ちゃん！』

大きな声で私を呼ぶから思わずスマホを耳から離した。

「聞こえてるよ。どうしたの？」

『ぜんぜん連絡取れないから心配してたんだよ』

「あ、うん」

『夏帆ちゃんからお礼の電話もらってね。すごく喜んでくれてたからうれしくなっちゃったの。少しでも慰めになってよかったなって』

「うん」

夏帆さんは冴木さんのことを話したのだろうか。さすがにそれはないと思うけれど……

ううん、誰も信用してはダメなんだ。

誰かのことを疑う自分に驚きながら「ねえ」とスマホに口を近づけた。

「風子ちゃんは私に嘘はつかないでね」

ついそんなことを言っていた。

『え……待って。なにかあったの？　なにかあったんだね。なにがあったの⁉』

いつもは少しウザく感じる風子ちゃんの言葉をうれしく感じた。気づけば視界が涙で歪んでいた。

「明日、そっちに戻るね。ちょっと話したいことがあるの」

風子ちゃんに冴木さんとのことを伝えよう。

きっと風子ちゃんは烈火のごとく怒るだろうし、冴木さんの家に乗りこもうとするかもしれない。いや、確実にそうする。

そんな未来を想像すれば、少しだけ痛みが薄れた気がした。

陽葵へ

明けましておめでとうございます。
今年も新しい一年がはじまりましたね。
毎年陽葵に贈っている言葉ですが、今年は悩んだ末にこれにしました。

「明日死ぬかのように生きなさい。永遠に生きるかのように学びなさい。」

ガンジーの言葉です。
新年早々物騒な言葉だけど今の陽葵に伝えたいと思いました。
24歳になった今年、陽葵はどんな一年を過ごすのかな。
社会人になり数年が経ち、気持ちが緩む時期かもしれません。
今いる仲間に感謝しながら、陽葵らしく過ごしてください。

母より

幕間

君の手に触れた時、行きつく未来がはっきり視えたんだ。
それはあまりにも悲しい結末。
遠い冬、僕に課せられた運命と同じ色をしていた。
そのことを話せば、君はまた壁を作ってしまうだろう。
そして僕は自分の無力さを思い知ることになる。
冬に閉じこめられた僕にできることはひとつだけ。
君の運命の鎖を違う色に変えてみせる。
僕はそう決めたんだ。

三年目／雪が泣いている

日曜日は気温が一気に下がり、窓から見おろす歩道には、マフラーとコートを着こんだ人たちが体を小さくして歩いている。

昼過ぎにやってきた夏帆さんはリビングに入るなり、

「え……」

と驚いた顔で固まった。

が、すぐに納得したように何度かうなずくと、壁という壁に積まれた引っ越しの段ボール箱のひとつを抱えた。

「ここまで片づいてなかったとは予想外。気づいてあげられなくてごめんね」

「ううん、こっちこそ思った以上でごめん」

仕事が忙しく、引っ越しの荷物がまだ片づけられていないと愚痴ったところ、夏帆さんが手伝いを申しでてくれたのだ。

「とりあえずリビングで使う物以外は部屋に運ぶから、陽葵ちゃんは段ボール箱を開けてどんどんしまおう」

持参した軍手とマスクをつけると、夏帆さんは早速『寝室』とマジックで書いた段ボール箱を運びだした。

新しい部屋は前の所より少しだけ家賃の高い、オートロックつきの中古マンションだ。三階角部屋で日当たりもいいらしい。らしい、というのはあまり日中にカーテンを開けたことがないから。

「引っ越してきたのって、九月だよね。三か月もこんな状態で、よく暮らせたね？」

せわしなく動く夏帆さんは、まるで引っ越し業者の人みたい。

「意外に日々に必要な物って少なくって、台所と洗面所で使う物があればなんとか……」

「違う。褒めてるんじゃなくてあきれてるっていうか、びっくりしてるっていうか」

夏帆さんが運んでくる段ボール箱を開き、クローゼットの中やチェストにしまっていく。片づけるのに二時間以上かかり、やっとだしたこたつに腰を下ろすことができた。

お茶のペットボトルを「ありがとう」と受け取った夏帆さんが、満足そうに部屋を見渡している。

「夏帆さんのおかげで、やっと人が住める部屋になったよ。こたつをだせたのがうれしい」

「それにしても大変な一年だったね。ちょっと責任は感じるけど」

一瞬言葉に詰まれば、すぐに冴木さんの顔を思いだしてしまう。頭にこびりついて離れない染みのように、気づかずに背負わされた重荷のように。

「夏帆さんのせいじゃないよ。あの時、冴木さんのこと、教えてくれなかったらもっと悲惨になっていたと思うし」

「お正月に別れたんだよね？　そのあと少し元気なかったし、ほら、仕事も……」

上目遣いの夏帆さんに「うん」とうなずく。

「少し休んじゃったよね。迷惑かけてごめんなさい。春過ぎまで引きずっちゃった」

体調不良で休みがちになった本当の理由を知っているのは夏帆さんだけ。

ちなみに冴木さんは会うたびに『大丈夫？』なんて声をかけてくれた。自分が原因だなんて夢にも思っていないところが彼らしい。

「でも夏前にはずいぶん復活しているように見えたのに」

「それがね……言ってなかったことがあるの」

お茶を飲んだ夏帆さんが興味津々というようにグイと顔を近づけてきた。

「え、なになに？」

「冴木さんが『離婚した』って言ってきたの」

「ああ、皆の前でも言ってたじゃん。野田さんも寿さんも、結婚していることを知らなかったから驚いてたよね」

「……復縁したいって言われた」

あれは七月中旬のこと。会社でふたりになった時、彼は晴れ晴れとした顔で報告してきた。事務的に返す私に彼は改まった口調で言った。『もう一度つき合ってほしい』と。

考える間もなく断る私に、彼は本気で驚いていた。

ちょうど野田さんが帰ってきたので話はそこまでになったけれど、それ以来毎日のようにメッセージが来て、アパートの前で待たれていることも増えた。

その一週間後、彼は朝礼の場で離婚を皆に伝えたのだ。慰めの言葉を口にしたパート職員さんに『大丈夫です』と笑いながら。

「何度断っても、ケンカして怒っているとしか受け取ってくれなくて……。それで、急いで引っ越しをすることにしたの」

「ちょっと待って。なんでそんな大事なこと、話してくれなかったのよ」

「これ以上、夏帆さんに迷惑をかけたくなくて」

「バカ！」

「……！」

夏帆さんに怒られたのは初めてのことだった。

「あとで知るほうがショックなんだからね。どうりで急いで引っ越しをしたわけだ」

この一年を思い返すと、かろうじて今日まで生き抜いてきたような感覚だ。

冴木さんと別れたことに後悔はない。けれど、彼と過ごした思い出はこの町に残っていて、オフィスにはさらにたくさんあって、泣きたくなることもしばしば。

悲しみは私から食欲や睡眠を奪い、会社を休むことが多くなってしまった。

あんなにひどい嘘をつかれても尚、彼のやさしくほほ笑む顔しか思いだせない自分が嫌だった。

やっと自分を取り戻せたような気がしたのに、今度は復縁を迫られ、挙句の果てに引っ越し。生活の変化も感情の起伏も激しすぎて、息切れしながらこの十二月を迎えた。

それでも去年、篤生に会わなければ、もっとひどいことになっていたとも思う。別れることができず、ずるずるとつき合っている自分を容易に想像できる。

「仕事中はさすがになにも言ってこないけど、秋頃、帰り道で待ち伏せされて言われたの。

『お前のために離婚してやったのになんでそんな態度なんだ』って。すごく怖かった」

彼の怒る顔はあの日、初めて見た。

「危ないね。陽葵ちゃんの体調不良も自分のせいだなんて思ってなかったみたいだし。むしろ自分が守らなきゃって思ってた感じ。引っ越しまでする羽目になって、冴木さん、もう立派なストーカーじゃん」

「立派なストーカーって……」

冴木さんに恐怖を覚えたのはたしかだけれど、この数か月は落ち着いている。このままきちんと終われればいいけれど……。

ひと息ついたあと、リビングの細かい物を整理していくことにした。

「風子さんはなんて言ってるの？」

棚に食器をしまいながら夏帆さんが尋ねた。

「知ってのとおり猪突猛進な人だから、別れた当初は大変だった。冴木さんに抗議するって言い張って、何度も会社に乗りこんできそうになったし。言わなきゃよかったって後悔したよ」

精神的に不安定な状態で風子ちゃんを説得するのは難しかった。風子ちゃんはまるで抗議することで冴木さんではなく私が退職せざるを得ない状況を作ろうとしているかのように思えた。

今回の恋が残したものは、誰かを疑うこと。

夏帆さんに相談できなかったのも、それが原因なのかもしれない。

「冴木さんが離婚したことは、風子さんには言ってないの？」

「やっと落ち着いてきたところだし再燃しちゃいそうだから。引っ越しの理由も適当に説明してあるから内緒にしてね」

隣人が夜中に騒ぐので寝不足になったからと、風子ちゃんには伝えてある。

「ほら、また手が止まってるよ」

言われて気づいた。最近ぼんやりしてしまうことが多い。

テレビボードの下にＤＶＤを並べていく。いつかまた観ようと思っていた映画のＤＶＤはパッケージを見ても前ほどの魅力は感じない。

恋を失ってからの私はまるで抜け殻みたいだ。冴木さんに会わないよう退職することも考えた。けれど、会社を辞めてしまったら実家に戻る約束がある手前、それもできなかった。自分で自分が情けなくなる。

せっかく環境を変えたわけだし、ぜんぶ過去にできたらいいな……。

「なんにしても陽葵ちゃんが復活してくれてよかったよ。武藤《むとう》さんも心配してたよ。陽葵さんが元気ないってよく口にしてる」

「リカさんが？」

武藤リカさんは今年の春に入ってきた中途社員だ。といっても新卒ではなく、私よりも年上の二十九歳。以前は文具会社や銀行の事務員をしていたこともあったらしい。

私が動画編集に関わることが多くなったため、事務職員として採用された。業務は夏帆さんが教えているので私とはあまり接点はない。私は気持ち的な余裕を失っていたので彼女とは無難な会話に終始して今日までやってきた。

リカさんにまでバレてるなら気をつけないと……。

「ここだけの話、リカさんは冴木さんを狙ってるよ」

「え、まさか」

「ほんとほんと。冴木さんが離婚したことを知ってからのアプローチはすごいんだから。でもあの人うまくて、社長の前では一切そういう態度を見せないの」

そんなことも気づかないくらい、この一年は必死で生きてきた。

正直、今年ほど『死』が頭をよぎったことはなかった。

なんで私がこんな目に遭わなくちゃいけないの？　そんなことばかり考えていた。

朝が来ることにうんざりし、冴木さんを見るたびに消えてしまいたいと思ったりもした。

篤生に会いたいな……。会って、この一年にあったことを報告したかった。彼の助言がなかったなら、冴木さんの抱える秘密に気づかないままきっと今もつき合っていた。でも、この一年かろうじて生き延びたことを伝えても、篤生のことだから『へえ』とか興味なさげに言うのだろう。思わず笑みを浮かべる私。

「なに、急に笑って」

そう言う夏帆さんもおかしそうに笑っている。

「元気になれてよかったな、って」

「引っ越しもできたんだし、荷物も片づいたからもう大丈夫。〝冬の君〟の予言を回避できたんだよ」

ちょうど篤生のことを考えていたのでドキッとしてしまった。夏帆さんはそんな私の様子に気づくこともなく、お茶のペットボトルをこたつの上に置いた。

「私も〝冬の君〟に予言してほしいな」

その言い方がやけに苦しそうに耳に届いた。ハッとする私に、夏帆さんは右手を左右に振った。

「あ、たいしたことじゃないんだけど、最近運気が悪いんだよね」

「なにかあったの？」

「いくつかあってね。まずひとつめは、彼氏と別れたんだ」

「えっ⁉」

ビクンと体を震わせる私に、「といっても」と夏帆さんはつけ足した。

「傷ついているのは向こうのほうだと思う。私から別れを切りだしたし」

「え……どうして？」

「いろいろあったの」

誰もが自分の核心にある悩みをリアルタイムで口にできるわけではない。私も同じだったから分かる。

その〝いろいろ〟に踏みこんでもいいのかという迷いが、私の口を閉ざす。

膝を抱え、夏帆さんはあごを乗せた。

「もともと、いつかは終わる関係だったの。ほら、うちって兄が家を放棄してるでしょう? 跡取りが必要で、苗字を変えてくれる人としか結婚できない。彼はひとりっ子だから不可能なことは最初から分かってた」

「ぜんぜん知らなかった……」

「このままずるずるつき合うこともできたんだけど、お互いに適齢期だし、別れるなら今しかない、って思った。ううん、やっと決断できたの」

私と違い、さっぱりとした顔をしている。

「今の仕事が好きだし、なんだかんだ言っても社長のことも好き。兄の気持ちも分かるから、自分の決断は間違ってないと思ってる。だから安心して」

婿養子か……。会社の経営を存続させるには必要なのかもしれない。私には想像もつかないことだ。そもそも住む世界が違うのだろう。

「それに、もうひとつヤバいことが起きててね」

「ヤバいこと?」

こっちのほうが重要なことだと瞬時に分かった。雨雲が広がったような表情で夏帆さんはスマホを操作した。

見せられた画面は私も使っているSNSのアプリ。

「これは内緒なんだけど、うちのことを悪く書いているアカウントがあるの」

「え……？」

アカウント名は【絶対許さない】。フォロー数はゼロだけど、フォロワーは三千人以上いる。

固定されたメッセージを目で追った。

【東京映像研究所を私は許さない
ワンマン北織社長によるパワハラ、セクハラ
退職を余儀なくされた証拠を挙げていきます
＃拡散希望　＃東京映像研究所　＃パワハラ】

「先月くらいにできたアカウントらしくて、私も友だちに言われて気づいたの」

固定メッセージには【いいね】がたくさんついていて、下にはコメントが数えきれないほど並んでいる。


【私もパワハラで悩んでいるので拡散協力します】

【江戸川にある会社だろ？　噂は聞いたことある】

【証拠早く見たい】

【あの会社の作ってる動画ってうちの親会社も関わってる。けっこうヤバい会社らしい】

画面をスクロールする指に力が入らない。これが現実に起きていることだと思えなかった。

「コメントじゃなくて次の投稿を見てみて」

コメント欄を閉じ次の書き込みを見ると、本文はなくスピーカーマークがついていた。

嫌な予感がぶわっと胸を覆っていく。夏帆さんが神妙な顔でうなずくので、恐るおそるスピーカーマークをタップした。

『俺がやれって言ったらさっさとやれよ。動画編集できる奴なんていくらでもいる。いつでもクビにできるんだからな』

大声で嫌みを言う声は、社長のもので間違いない。

信じられない気持ちで画面を注視する。【いいね】が五千もついていて、拡散件数も三千を超えている。バズっているというやつだ……。

【でた、決定的証拠】

【昭和のパワハラおやじの典型。労基署に訴えるべき案件です】

【みなさんこの会社には依頼しないことをお勧めします】

最初のコメントを読むだけで吐き気がした。

「……これ、社長の声だよね？」

「どう聞いてもそう……」

「ああ……」

深いため息をふたり同時に落とした。そうしている間にも【いいね】の数が増えていく。

スマホを手もとに戻すと、夏帆さんは口をへの字にしたまま私の顔を見てくる。

恐怖のあまり言葉がでてこなかった。

こんな音声が流出しているなんて、どうなってしまうのか。想像はたやすい。どんどん拡散されていき、やがて大きな問題になる。

今までいろいろな事案をネットニュースで目にしてきた。まさかうちの会社がそうなってしまうなんて……。

「陽葵ちゃんはこのアカウント、誰だと思う？」

まっすぐに私を見つめる夏帆さんは悲痛な表情を浮かべている。

「え……それは――」

言いかけて気づいた。固定メッセージの文章に違和感がある。

「退職を余儀なくされた――つまり、元うちの社員で、もう会社にはいない人ってこと？でも私が入社してからこの部署では……」

「誰も退社していない」

私のあとを引き継ぐように言ったあと、夏帆さんはうなだれた。

「陽葵ちゃんの前に辞めた人たちだって、他の部署で働いていたり今でも取引のある会社にいる人ばかり。それに、『クビにできる』ってことは、うちの部署のスタッフに対してしか言えないことよね？」

「社長の経営しているほかの会社で動画編集の仕事なんてないもんね……」

「断定はできないけれど、この音声を録ったのはこの部内の人なんじゃないかな」

「部内の……あっ！」

やっと夏帆さんの言わんとしていることが分かった。

「内部告発ってこと!?」

「このクリアな音は、電話越しの声じゃないよね。実際に怒鳴られた時にこっそり録音したんだと思う」

「……だね」

「社長がこうやって怒鳴ったのを聞いてなかった？　それなら誰がアカウントを作ったのかすぐ分かるんだけど」

夏帆さんの気持ちは分かるけれど、そこから犯人――そう呼んでいいのか分からないけれど――を推測するのは無茶だ。ペットボトルのお茶をやけに苦く感じてしまう。

「この音声データだけじゃ誰かは分からない。だって社長、最近はずっと……」

「最近はこんなふうに嫌なことばかり言ってるもんね。私は慣れてるけど、どう聞いてもパワハラ発言だし」

　夏帆さんが先を言ってくれたのでホッとした。

　伯母さんを亡くしてから、社長は以前にも増して仕事一筋になっている。無茶な仕事を振ることも多くなったし、相手が取引先であろうと他部署であろうと不機嫌さを隠そうともしなくなった。

　ふわりと頭に浮かぶのは同僚の顔ぶれ。

　パートさんが録音した可能性も否定できない。リカさんだって入社当初は驚いていたし、実際にしょっちゅう怒鳴られている冴木さんや野田さんはもちろん、寿さんたちリモート組も出勤することがあるから被害者であり、容疑者だ。

「もしかしたらここに来たお客さんが、たまたま社長の発言を聞いて録音した可能性もあるよね」

　仲間を疑いたくなくて尋ねると、夏帆さんはうなずいてくれた。

「その可能性に私も賭けたい」

「これからどうなるんだろう……」

「まあ、どうしようもないよね。パワハラも、傷ついている人がいるのもたしかだし」

　夏帆さんは、しばらく黙ってから「だけど」と続けた。

「これ、私が社長に言うしかないんだよね。でも言ったら戦争が勃発すると思う。逆ギレされるのは確実だろうから」

きっと……いや、かなりの確率で社長は激怒するだろう。

「私にできることってない？」

「次に社長がこういう発言をした時に、録音しているスタッフや怪しい動きをしている人がいないかチェックしてくれる？　さすがにあの人もこのことを知ったら、以後の発言には気をつけてくれると思うけど」

こんなことが起きているなんて思わなかった。

不穏な空気が私の周りに忍び寄っている。

ひょっとして今回の事件が原因で、私に絡みついた鎖の色が死の色に変わるのかもしれない。回避するには篤生の言ったように、自分自身で行動を起こすしかない……。

そんなことを自然に考えている自分に驚いた。

「社長に話をする時、私も同席する」

そう言う私に夏帆さんは目を丸くした。

「びっくりした。陽葵ちゃんってそういうこと絶対に言わない性格なのに」

「でも、力になりたいの」

「大丈夫だよ。私って器が大きいから社長になにを言われても受け止められるし、外部からの声は聞こえないフリもできるから」

「大きい器はそのぶん傷つく面積も広いんだよ。でも、私も一緒なら、傷も半分で済むよ」

ギャグっぽく言った私に、夏帆さんは少しだけホッと表情を緩めてくれた。

少なくともこの冬を乗り切るために行動に移すことができた。そんな自分を褒めてあげたくなった。

きっと大丈夫。社長だってだてにいくつもの会社を経営しているわけじゃない。炎上が起きていることを知れば考え方を改めてくれるだろう。

「なんだこれは！　ふざけるな‼」

社長の怒号がフロアに響き渡る。うわんと広がった声に絶望を感じた。

今朝からずっと、会社へクレームや無言電話など電話が鳴りやまない。社長を非難する内容の電話はすべて私か夏帆さんが代わり、対応した。

社内であのＳＮＳについて知っている人はまだおらず、電話の相手に向かって謝る私たちを誰もが不思議そうに見ていた。

社長も気づいた様子はなく、午後になり夏帆さんに今年の忘年会について話をしていた。機嫌のよい社長を見て夏帆さんは戦に出陣することを決めたらしく、「陽葵さん、少しお時間いいですか？」と私を見る。

そして今、私たちの目の前には鬼のような顔で怒鳴る社長がいる、というわけだ。

「こんなのを録音した奴は誰だ！　なにがパワハラだ。ふざけんのもいい加減にしろ！」

バンとデスクに拳を打ちつける社長に頭を下げるが、夏帆さんは臆することなく近づくと声を落とした。

「社長の気持ちは分かりますが、今後発言にはどうか気をつけてください」

「は!?」

「今の発言も録音されている可能性があります」

振り向くと誰もが仕事をしているものの、固唾を呑んでこちらの気配を窺っているのが伝わってくる。冴木さんだけはマグカップを手に給湯室へ逃げていったが。

野田さんは青ざめた顔をしていて、リカさんはどちらかと言えばおもしろがっているように見えた。今日のパートさんは午前勤務だったのでこの場にいなくてホッとした。

さっと全員を見渡すも、誰も録音している様子は見受けられない。

「チッ」と舌打ちした社長が、苛立ちを眉間に思いっきり表した。

「今朝からやけに電話の相手に謝っていたのはこれが原因か」

「ほとんどが誹謗中傷です。あのアカウントのフォロワー数や【いいね】はすごい勢いで増えています。電話はさらに増えると予想されます」

あくまで冷静に伝える夏帆さんを見習いたい。私は隣にいるだけで今のところなんの役にも立てていない。

腕を組んだ社長がギロッと視線をフロアに向けた。

「この数年、退職した奴はいない。おそらく音声も直接ここで録音されている。ということは、ここにいる奴かパートかリモート組の誰か。もしくは違うオフィスの奴って可能性もあるな」

　冷静に分析する社長にびっくりした。私だったらショックのあまりなにも言えないだろう。

「ＳＮＳの書き込みの削除依頼とともに、アカウントの開示請求を行います。度を超えた誹謗中傷については被害届を提出します」

　夏帆さんは私たちにだけ聞こえる声量をキープしている。

「誰が犯人かを捜したほうが早いだろ」

　夏帆さんのヒソヒソ声に合わせ、社長の声も小さくなった。

「内部分裂は避けましょう。とにかく社長、これから発言には十分お気をつけください」

　珍しく社長が夏帆さんの声に何度もうなずいている。

「しばらく社長はうちには出社せず、社長が見ている別の会社に避難することが最善かと思います」

「分かった」

　素直に立ちあがった社長が、鼻から大きく息を吐いた。

「とりあえず電話は留守電に切り替えろ。取引先には担当社員の携帯電話に直接連絡するように伝えてくれ。……迷惑をかける」

　荷物をまとめた社長がでていくのと同時に、留守電に切り替える間もなくまた電話が鳴った。相手は撮影部署の部長で、ＳＮＳに気づき連絡をくれたようだ。

私が取り、丁重に説明をしていると冴木さんがやっと給湯室からでてきた。社長がいないことを確認すると、肩の力を抜いて「ああ、ビビった」と声にしている。

嫌なことから逃げる性格は変わっていないらしい。今の表情を心に刻んだ。やさしい笑顔の記憶を塗り替えてしまいたい。


社長の指示どおり留守電にし、取引先に連絡するだけで今日の仕事は終わってしまった。

駅までの道を歩いていると、

「陽葵」

と声がした。心臓が嫌な音を立てた。

振り向かなくても誰の声かは分かる。とっさにマンションのある方角とは違う四つ角を右折した。

「ああ、やっと追いついた。陽葵は足が速いなあ」

当たり前のように隣に並ぶ冴木さん。相変わらずスーツも似合っているし、イケメンのまま。独身に戻った彼は前よりも生き生きとしている。

「呼び捨てで呼ばないでください」

「いや、それは……ごめん。ただ引っ越し先を知りたくて。気づいたらいなかったから……」

ついに引っ越したことがバレてしまった。すっと体が冷え、足を止める。ちゃんと話をしないと──。

「冴木さんが部屋まで来るから引っ越すことにしたんです」

「え……俺のせい？」

彼はぽかんとした顔になったあと、ひどく傷ついた顔をした。これは本当に驚いているのだろう。

「私たちは一年前に別れたんですよ。今はただの同僚です」

「状況が変わったんだ。俺、離婚できたんだよ」

自慢げに胸を反らす冴木さんに、また一度、彼への熱が冷めるのを感じた。

「だからといってもとに戻る気はありません。何度も伝えましたよね？」

社長が社内恋愛を嫌う理由が身に染みて分かる。消えない残り火に定期的に火傷させられている気がする。

「すみませんが、もうプライベートでは話しかけないでください」

「待って」

踵を返すと同時に腕をつかまれてしまった。

「離してください」

「なんでこんなふうに避けられなくちゃいけないんだよ」

真剣な冴木さんに恐怖を覚えた。あの冬に運命を変えたと思ったのは錯覚で、ひょっとしたら前よりも悪化しているのかもしれない。

ふと、道の先で誰かがこっちを見ていることに気づいた。ボアのついたモスグリーンのコート。

——篤生だ。

「陽葵」

私の肩を両手でつかんだ冴木さんの瞳が淀んでいる気がした。

「君のことが好きなんだよ。俺たちはこれからふたりで幸せになれる。いや、今度こそ絶対に幸せにするから」

「あ……」

目だけを篤生に向けるが、彼はさっきの場所から一歩も動いていない。

助ける気はないんだ……。

無性にお腹のあたりがモヤモヤしてきた。

どうせ自分の運命を変えるのは自分だ、とでも言うのだろう。そもそも終わったはずの問題なのにどうして私がこんな目に遭わないといけないのよ。

「俺、陽葵がいないとダメなんだよ。意地を張るのはやめてもう一度やり直そう。俺たちなら絶対にうまくいくって」

モヤモヤの正体は怒りだと気づくと同時に、

「いい加減にしてよ……」

自分の声じゃないくらい低い声がこぼれていた。

「なんで私が意地を張らなくちゃいけないのよ」

挑むように冴木さんに顔を近づけると、彼はぎょっとした顔でつかんでいた手を離した。

「自分がどれほどひどい嘘をついたか分かってないの？　会社にまで虚偽の申告をしてたんだよ」

「でも、俺たちは――」

「会社ではこれまでどおり話はします。けれど、こんなふうに時間外に話しかけられるのは迷惑です」

引っ越しをする前にきちんと対峙すべきだった。

大丈夫、これから思いだす彼の顔は、もう笑顔じゃないはず。

言葉に詰まったあと、冴木さんは握り締めた拳をわなわなと震わせた。さっきと表情ががらりと変わり、陰湿な瞳で私をにらんでくる。

「なんでそんなことを言うんだよ。陽葵のためにがんばったのに……」

「最初からすべて話すべきでした。あとだしじゃんけんはずるいと思います」

「だったら……」低い声に急に足もとから寒さが這いあがるのを感じた。

「だったら俺もばらしてやる。不倫したことをばらして元妻から慰謝料請求させてやる！」

残り火は怒りの炎に変わってしまったようだ。

顔を真っ赤にして吠える彼は、私が好きだった人とは別人だ。もうどんなことを言われても、揺るがない自分の気持ちにホッとした。

ああ、やっと恋が終わった。

「一年間不倫してきたんだから陽葵にだって責任はあるだろ。俺ひとりで不幸にはならない。陽葵のことも道連れにしてやるからな！」

私たちの恋は死んだだけでは終わらず、亡霊になってこれからも私を苦しめる。絡みつく鎖はやっぱり死の色をしているのだろうか。

「あのさ」

いつの間にそばにいたのか、篤生が声をかけてきた。ギョッとした冴木さんが「は？」と眉をひそめた。

「お前、誰だよ。他人の話に入ってくんな」

「慰謝料の話なんだけど、民法709条と710条によると、不倫の慰謝料が認められるには相手方、つまり陽葵の故意や過失がないと無理だよ」

「は？」

「陽葵に結婚していることを内緒にしてたんだよね？　だとしたら元奥さんは陽葵に慰謝料の請求はできないし、逆にあんたが陽葵から慰謝料請求される」

すらすら説明すると、篤生は私を自分の体のうしろに隠した。

「俺は今、陽葵としゃべってんだよ」

「彼女は話したくないと言ってるけど？」

「ふざけんな。殺すぞ！」

血走った目で腕を伸ばす冴木さんに、篤生は手に持っていたスマホを向けた。

「ちなみに元奥さんからの慰謝料請求はあんたにも行くと思うよ。陽葵とつき合ってたこと、内緒にしたままだもんね？　つまりダブル慰謝料ってこと」

「……録画してんのか？」

「街並みを撮影していたんだけど、偶然ふたりの会話が録音されちゃってね。警察に持っていけばストーカー法に引っかかるかも。もしくは恐喝罪？」

「ふざけんなよ！」

腕を伸ばす冴木さんに、篤生はなぜかスマホを前に差しだした。

「ちなみに撮影と同時にクラウドにデータを送ってるから。スマホを奪ったり壊したりしてもいいけど、窃盗と器物損壊の罪も加わることになるよ」

「え……？」

「さあ、どうする？　決めるのはおじさんのほうだよ」

うしろ姿でも分かる。篤生は今、ニヤリと不敵な笑みを浮かべているのだろう。

あの日、篤生と堤防沿いの階段で話してからちょうど一年。

日ごとに早くなる夕暮れの中、河川敷には犬の散歩をしている人が歩いている。

「さっきはありがとう」

隣に座る篤生に頭を下げると、

「べつに。知識をひけらかしたかっただけだから」

なんて澄ました顔で言っている。会った回数は少ないけれど、横顔が最初の頃より大人っぽくなっている気がした。

そうだよね。死の予告を受けてからもう三年が経っているのだから。

「この一年、すごく大変だったんだよ」

「詳しくは知らないけど、さっきのを見てれば分かる。きっとそうだったんだろうね」

寒そうに体を縮こまらせたあと、篤生が私の手に触れた。しばらく目を閉じたあと、指を一本立てた。

「彼氏さんの件は大丈夫そう。鎖が死の色じゃなくなっている」

もう元彼氏だけど、と言いかけてやめた。

「死ぬ運命を回避できたってこと？」

「いや、あの人との件に苦しんだ挙句、自分で死を選ぶことはなさそうってこと。でも、あいつヤバそうだから刺し殺される未来はありえる」

さらりと怖いことを口にし、篤生は私の手に触れたまま未来を読むように空をにらんだ。

「今年は別の大きな出来事が起きるし、来年はさらに大きなことが起きる。すべてが合わさった時に君は死ぬだろう」

　死の予告をさらりと言ってのけた。だけど、もう慣れたらしく、私は前ほどのショックは受けなかった。

「不思議なんだよね。皆私になにかしらの秘密を抱えていたり嘘をついているんでしょ？　冴木さんの嘘はひどかったけれど、今は断ち切ることができている。ほかの皆も同じくらいひどいことなの？」

　空には鉛色の雲が広がっていて、今にも初雪が降ってきそう。雪はきれいだと思う。けれど、雪が降る時の重たい空は苦手だ。

「もう少しだけ手、つないでていい？」

「……うん」

　篤生の予言はいつも当たっている。もう手を差しだすことに躊躇することもなくなった。驚くほど冷たい手に、なんだか篤生がこの世の者じゃないように思えた。

「……視えるよ。この冬も来年の冬も、君の心を殺してしまうような秘密や嘘……特に大きな嘘が露呈するみたい。家族や同僚、友だちの誰かが嘘をついている」

「嘘を知らないままでいれば逆に生き延びられるってこと？」

「どうやったって君は知ることになるだろう。……あと、心の死も感じる」

「心の？」

　横顔の篤生がゆっくりと目を伏せた。

「僕の視えてる未来では、君は心の死を迎えたあと、体の死を望むようになる。でも、逃げずに嘘と向き合えば、きっと運命を変えることができるはず」

不思議な会話が数年間続いている。最初は信じなかったのに、今では篤生の言葉ひとつひとつが私を導く標となる。

「ひょっとして篤生が、その嘘をついている友だち、っていう可能性はないの？」

手をほどくとまた北風が攻撃するように髪を乱した。初めて会った時は短かった髪も、もう背中のあたりまで伸びている。

「僕たちは冬だけの友だちだからね」

「冬だけの友だち……」

「むしろ戦友と言ってもいいかもしれない。これでも君のためになんとかしたいって思ってるんだよ」

言われてハッとする。

そういえば、どうして篤生は私のためにいろんなことを教えてくれるのだろう。さっきだって篤生が間に入ってくれなかったら大変なことになっていた。

「これまでにひとりだけ、助かった人がいたんでしょう？　その人はどうやって運命を変えることができたの？」

その質問をしたとたん、篤生の顔がほころぶ。が、すぐに真顔に戻ると、咳ばらいをしてごまかした。

「前にも言ったと思うけど、僕の言葉を信じてからの彼女は強かった。運命に抗おうと必死になって、泣きながら友だちや家族と向き合うことができたんだ。最後の試練である自分自身にも打ち勝った」

篤生が純粋な気持ちでその人を助けようとしていたことが伝わってくる。

私にもできるのかな……。ううん、やらなきゃ、運命を変えなくちゃいけないんだ。

決意と同時にどろっとした感情がお腹にたまっていく。

これ以上つらいことが起きたとして、私は耐えられるのだろうか。自分のことはいつだって自分がいちばん分からない。

「篤生、今は工場で働いているんでしょう？　そういう能力を生かした仕事に就こうって思ったことはないの？」

重い気持ちを拭い去りたくて別の質問をした。

「もちろん考えたことはある。でも人は、目に見えることばかり信じてしまう。環境の変化を嫌い、最終的には僕がおかしいという結論を下す」

「私は信じるよ。でも、もしもこの運命を乗り越えたら、今度は篤生に変わってもらいたい」

「僕に？　じゃあ僕の言うことを信じてくれてるんだ？」

きょとんと自分を指さす篤生にうなずいてみせる。

最初は疑いしかなかった。だけど途中から、限られた時間しかないのだから、と信じることにした。あと一年しかないのなら、篤生の言うことを信じるしかない。

「信じる。だからいつか篤生にも、他人に怯えない日々を過ごしてほしい」

そう言う私に、篤生は「へえ」とつぶやいたあと、なにかを断ち切るように首を横に振った。

「じゃあ、そうなるためにも陽葵には今起きていることを解決してもらいたい」

「解決っていうと、やっぱりSNSの誹謗中傷についてなのかな」

今年の冬の課題がそれだとしたら、どうやって解決すればいいのだろう。

「今起きていることは、過去から続く因果の結果なんだ。誹謗中傷の件は大きな悲しみによって引き起こされている。重要なのはその悲しみの鎖が君につながっていることだよ」

肝心なことは具体的に教えてくれない。はっきり視えるわけじゃないから、仕方がないのかもしれないけれど。

「どっちにしても徐々に動くしかないと思うの。あまり目立つことはしたくないし」

私にできることを少しずつやっていこう。

「『君子は豹変す』って言葉を知ってる?」

だんだん夜に呑みこまれる景色を眺めたまま、篤生が尋ねた。

「自分の都合で急に言うことが変わる、っていうこと?」

「最近ではそういう意味にも使われるね。もともとは、もう少しポジティブな意味なんだ。優れた人物は、あやまちに気づいたらすぐに改める、みたいな意味。『いつか』や『今度』って少しずつ変えるのではなく、何事もいきなりでないと変われないってことだよ」

よいしょ、と立ちあがった篤生が「寒い」と震える真似をした。

「まだ冬ははじまったばかり。事象だけじゃなくなぜそうなったかを理解した上で、君が豹変することを願っているよ」

言いたいことだけ言って、篤生は駅のほうへ戻っていく。いつもそうだからずいぶんと慣れてしまった。

今年もまた試練の冬がやってきた。


仕事納めが迫る木曜日にその事件は起こった。

来週からは休みになるが、どうしても仕事がある人は出社することになっている。

今、事務所にいるのは私と野田さんだけだ。クレームは留守電にたまりまくっているけれどSNSのほうは予想どおり更新が止まっている。あれから社長はこちらへ出勤してきていないし、誰もがこのまま落ち着くことを願っている状態だ。

仕事が一段落し、残るは『ステキムテキチャンネル』の最新動画のチェックだけ。去年、なんとか通信講座を修了した私。最近ではリモート組と協力して私も編集作業に加わっている。

字幕や効果音ひとつでおもしろくなったり、興味を引くサムネイルを作ることで人々の関心を引くことができる。今は私が編集した動画を寿さんにチェックしてもらっているところだ。

給湯室でココアを淹れて戻ってくると、なぜか野田さんが夏帆さんの椅子に座っていた。

これはなにか私に言いたいことがある合図だ。これまでも編集した動画へのダメだしをされることがあったけれど、素直に受け入れて修正している。野田さんの指示することはいつだって的確だから。

「あのさ」

野田さんがスマホを手にしたので、

「はい」

思わず大きな声で返してしまった。

「陽葵さんって、冴木さんとつき合ってたよね？」

と、野田さんはまっすぐに私を見た。

「うん？　え……そんな、こと、ないですよ」

まさかの発言に思いっきり動揺してしまった。野田さんはおかしそうに口の中でクックッと笑う。

「ごめん。驚かせちゃったね。でも皆気づいてたよ。別れたことも、見てれば分かる」

「あ……はい」

「社内恋愛だから言えなかったんだよね。冴木さん、結婚してることも内緒にしてたし。

そのことを知って別れたの？」

「はい。でもそれは……」

なんと答えていいのか分からず、言葉に詰まってしまう。

ピロン。野田さんのスマホが間の抜けた音で鳴いた。

「あ、なんかあったみたい」

デスクの上で野田さんがスマホを表示させたので一緒に覗くと、あのＳＮＳが表示されていた。アイコンの右上に【1】と表示されている。

「うちのこと書いてたアカウント、更新されてるっぽい」

右指で開いた野田さんの指が、ビクッと震えた。新しい書き込みとしてまたしてもスピーカーマークが表示されている。

開くよ、とでも言いたそうに見てくるのでうなずく。

『知るかよ！』

いきなり社長の声と思われる怒鳴り声が響くのを聞いて絶望的な気持ちになる。

『ふざけんのも大概にしろよ。こっちはそれどころじゃねえんだよ！』

再生が終わると野田さんが呆れたようにため息をついた。

「また音声か……。これはまた炎上するね」

「ですね……せっかく更新が止まってたのに」

一体誰がこんなことをしているのだろう。

野田さんが名探偵よろしくあごに手を当てて宙をにらんだ。

「今のって電話の相手に向かって怒鳴ってる感じだよね」

「そうだと思いますが、ここでそんなことありましたっけ。こんな強烈な言葉だったら覚えていると思うんですけど」

私がいない時にそういうことがあったのかもしれない。が、野田さんはすぐにうなずいた。

「私もこれは聞いた記憶がない。案外、社長の自宅に盗聴器がしかけられているのかも」

まさか、と笑いかけた顔を瞬時に戻した。今の時代、そういうことだって絶対にないとは言い切れない。

野田さんはスマホをポケットに入れ、席を立った。

「冴木さんには気をつけて」

「え?」

「最近の冴木さん、挙動不審じゃない? 社長がなにか口にするたびに給湯室に逃げてるし、仕事中も心ここにあらずのことも多いし」

野田さんの言わんとしていることが分からず、眉をひそめた。ひょっとして、あのSNSの件で冴木さんのことを疑っているのだろうか……。

「……分かりました」

うなずく私に、野田さんは薄く笑った。

「急にごめんね。これでも心配してるんだよ」

自分のデスクに戻る野田さんを複雑な思いで見つめていると、自動ドアが開き冴木さんが戻ってきた。

挨拶もなく私たちから逃げるように自分のデスクに着くとパソコンを開いて作業をはじめる。あの日以来、冴木さんは私に必要最低限しか話しかけてこなくなった。

これでいいんだ、と思う気持ちと、言いようのない不安が胸をざわつかせている。嵐の前の静けさ、のような。

篤生が言っていた『君子は豹変す』の言葉があの日以来ずっと頭に残っている。私だっていきなり状況を変えてみたいけれど、どうやっていいのか分からないよ……。

「大変です！」

今度はリカさんが戻ってきた。右手にスマホが掲げられているので、彼女もまたＳＮＳの更新に気づいたということだろう。

リカさんは冴木さんの席へ直行すると、スマホを見せている。

再び社長の怒鳴り声が再生された。

「これヤバくないですか。あたし、すごく怖いんですけど」

アニメのキャラみたいな声で大げさに震えるリカさんに、

「大丈夫だよ」

やさしく声をかける冴木さん。

「でも、これって社長にそうとうな恨みがないとできないですよね。あたしと冴木さんは違うとして、いったい誰がやってるんでしょうか」

フロアを見渡すリカさんと目が合ったと思ったら、プイと逸らされてしまった。夏帆さんの言うように、冴木さんのことを気に入っているんだろうけれど、なんだか嫌な感じだ。

リカさんは冴木さんが私に執着しているのをきっと知っている。もしくは、彼から私の悪口を聞かされているかもしれない。

どちらにしても今週になり、急に私に対する態度が冷たくなった。

ふたりがうまくいけばいい。それなら、帰り道に何度も振り返らずに済むのに。

さっきアップされた書き込みには【いいね】がすでに百件ついている。これからどんどん増え、またあっという間に拡散されていくのだろう。

SNSの画面を更新すると、すでにたくさんのコメントが書き込まれていた。

会社を糾弾するコメントが並ぶ中、【従業員がかわいそう】という意見が目に留まる。

「えっ⁉」

冴木さんとコソコソ話をしていたリカさんが急に背筋をグンと伸ばした。

「大変です。また新しい投稿が！」

慌てて再度更新ボタンを押すと、リカさんの言うとおり新しい投稿がいちばん上に載っている。

【社長夫人が亡くなった
　使用人のように扱われての病死
　社長は気にせず社員を怒鳴りつける日々】

「え……」

　伯母さんの葬儀は家族葬だった。当然社員は知っているけれど、参列もなかったし、外部には特に知らせてはいない。なのに、社長の奥さんが亡くなったことまで知っているなんて!?

　喉がキュッとすぼまり、息が上手く吸えない。

　ひょっとしたらこの投稿主はアカウントの削除依頼を受け、焦っているのかもしれない。表示されている文章を読み直していると、誰かの視線を感じた。

　顔を上げるとリカさんがじっと私を見つめている。長いまつ毛が印象的な目を見開き、瞬きひとつしない。

「あたし、見てました」

「……え？」

　意味が分からずきょとんとしてしまう。

「陽葵さん、スマホを触っていましたよね？」

　ガタンと音がして振り向くと、野田さんが椅子を蹴って立ちあがったところだった。

「そういうこと言うの、やめな」

「だけどあたし見たんです。さっきからずっとスマホを触ってました。それで今、更新されたんですよ。疑いたくないですけど、そういうことじゃないんですか？」

やっと気づいた。リカさんは私のことを疑っているんだ。

冴木さんはぽかんとリカさんを見あげたまま動かない。野田さんも返事に窮したように様子を窺っている。

「ああ」

無意識にこぼれる言葉と一緒に席を立った。

——君子は豹変す。

今では、都合の悪い時に態度を一変させることもさす言葉も、もともとは、あやまちを認め正しい道に戻すという意味だった。

猜疑心いっぱいの瞳で私を追っていたリカさんだが、今度は皆の視線が自分のもとへ向かっていることに気づき急にうろたえだした。

「なんですか……あたしはただ思ったことを言っただけです」

「うん。今、ちょうどスマホを見ていたところだったからまぎらわしかったと思う。ごめんなさい」

「……認めるんですね？」

彼女の手は冴木さんの肩に置かれている。

「認めない。だって私はやってないから」

私は画面を表示させたままのスマホを持って冴木さんのデスクへ行くとふたりの目の前に置いた。

「好きに調べてもらっていいよ。私は別のアカウント名だし、裏アカとかもない。この件について、私は関わってない」

「私のもどうぞ」

野田さんがやってきて同じようにスマホを置く。

私のスマホを取ろうとするリカさんの手を、冴木さんが止めた。

「こんなのよくないよ。仲間内で疑うのはやめよう」

「あたしは平気。なんだったらあたしのスマホも見てくれていいから」

「リカ」

たしなめるような冴木さんの口調に、思わず隣の野田さんと目を合わせた。

リカさんの片想い説は間違いだったようだ。呼び捨てで呼んでいるのなら、ふたりの関係は夏帆さんが想像する以上に進んでいるのかもしれない。

先日まであれほどしつこかったのに、と思うと複雑だけど、ホッとする気持ちのほうが大きい。

「とにかくはっきりさせたほうがいいと思います。あたしのも見てくれていいですから」

リカさんが自分のスマホを取りだすと同時に、画面のＳＮＳが更新された。

「ひゃあ」

素っ頓狂な声を上げてスマホを放りだしたリカさんの画面を皆で覗きこむ。

【今年の忘年会は十八日
社長の自宅に強制的に集められ何時間もつき合わされる
皆、嫌みを言われながら機嫌を取るのに必死
最低最悪の悪しき慣習】

誰もが無言でその文字だけを追っている。

「陽葵さん」

「はい」

野田さんの声に画面から目を離さずに答えた。

「予約投稿した場合って、なにか画面に表示されるんだっけ？」

「たしか『投稿を完了しました』というお知らせが表示されるはずです」

「ということは私たちが犯人ではないということだよね？」

ここで認めてしまえばラクになるだろう。だけど……。体を起こし、一歩下がって皆の顔を見回す。

「断定はできないと思います。パソコンやタブレットで違うアカウントを持っていれば可

能ですし」

「なにそれ、じゃあ意味ないじゃん」

呆れたように自分のスマホをしまうとリカさんはプイとトイレへ行ってしまった。

「陽葵さんって正直すぎるね。全員に無罪判決をだしてしまえばよかったのに」

私のスマホを渡すと、野田さんも席へ戻っていく。

結局誰も疑いは晴れなかったけれど、行動を起こしたことで少しは重い気持ちが薄れた気もする。

「なんだ。結局解決しないってことか」

小声で冴木さんがつぶやいた。

「え？」

「案外、リカが犯人ってこともあるかもね」

ニヤニヤと笑みを浮かべる冴木さんにゾッとした。

「そんなひどいこと言わないでください」

「いやべつに、そういうつもりじゃ……」

やさしい冴木さんが好きだった。けれどそれはもう遠い過去だ。想いは消えたけれど、これを機に罪悪感も捨ててしまおう。

そう思えた自分が少し誇らしく思えた。

「すっかり寒くなったねー」

懲りずに今年も私の誕生日めがけて金曜日の夜にやってきた風子ちゃんはうちの部屋のドアを開けるなりそう言った。

トランクと、両腕には食材の詰まったエコバッグを持っている。

「なんか会社、大変そうだね」

SNSの件は、風子ちゃんに軽く相談をしていた。風子ちゃんはSNSがなんなのかもよく分かっていない様子だったけれど。

「そこまで炎上はしてないんだけど、不穏な空気が流れてるよ」

エコバッグの中の食材を冷蔵庫にしまう。その間に風子ちゃんはトランクの荷物をどんどんしまっていく。

引っ越し祝いとして風子ちゃんがくれたハンガーラックだから文句は言えないけれど、来るたびに風子ちゃんの私物が増えていくのは複雑な気持ちだ。

でもまあ……と、風子ちゃんを見る。

冴木さんとのことは詳しく話していないけれど、そこは母親、なにかあったことは察しているみたい。昔ならしつこく聞いてきただろうに、別れたことを伝えて以降、風子ちゃんから彼の名前がでることはなかった。

引っ越しの理由もきっと想像がついているんだろうな……。

なんでもかんでも知ろうとする代わりに、この部屋に荷物が増えるのならば甘んじて受け入れよう。

それに、相談相手として風子ちゃんとの距離は近づいているのはたしかだ。

「風子ちゃんの言うことはいつも正しいもんね」

「今、ひょっとして褒めてくれたの？　えー、すごくうれしくて泣きそう」

すでに涙目の風子ちゃんに笑ってしまう。

今回の滞在は私の誕生日である日曜日までの三日間の予定だ。事前に聞き、今回は私もひとりでは不安なため、快諾している。

とはいえ、新しい部屋に移ってから三回目の訪問なので毎月一度は遊びにきていることになる。

「お父さん、さみしがってなかった？」

「平気よ。だって年末年始は帰ってくるんでしょう？」

「今年は長めに帰ろうかな」

熱海が懐かしく思える。

「そのままずっといてくれてもいいのよ」

隙あらば帰郷を迫る風子ちゃんにもすっかり慣れた。どんなに懐かしくても、まだ実家に戻る気はないけれど。

「やっと動画編集に携われるようになってきたし、実家に戻るのはまだまだ先かな」

荷物をしまい終えた風子ちゃんにお茶をだす。

こたつに足を入れ、ふたりで向かい合う形で座った。いつの間にかこたつの上にはみかんが置かれている。

ガシガシとミカンの皮を次々に剝いていく風子ちゃん。たくさん剝いてからまとめて一気に食べるのは昔から変わらない。

「そういえば風子ちゃん、LINEくらいやってよ。今どき連絡手段が手紙か電話だけなんて不便過ぎるの」

「あら、手紙はいいわよ。心の声が伝わるもの。電話だってそう、メールやメッセージよりも何倍も――」

「はいはい。分かりました」

「まだ話している途中なのに」

ぶうと膨れる風子ちゃんに笑ってしまう。

不思議だ。風子ちゃんのことをウザいと思っていたのがはるか昔のことのように思える。成人して社会という大海にでても尚、離れたり引っついたりしながら併走してくれるのが家族なのかもしれない。

今頃夏帆さんはなにをしているのかな。母親が亡くなり、恋人とも別れた今、あの家にいるのは社長と夏帆さんだけ。職場の雰囲気も最悪だし、大丈夫なのだろうか。

SNS騒動のせいで、最近の夏帆さんは疲労を隠せずにいる。心配だ。

「でもさ」と、風子ちゃんが唇を尖らせた。

「紘一さんは頑固で人の心が分からないような人だけど、意味なく怒る人ではないもの。ここまで書かれる筋合いはないわよね」

「それってぜんぜんフォローに聞こえないよ」

「あらそう？　よく分からないけど、よほどの深い恨みが社長にあるんじゃないかしら」

ポンとひと口でみかんを丸ごとほおばる風子ちゃん。私もひとつ手に取ってみるが、ふた口でも食べきれないほどの大きさだ。

「社長にというより、会社に恨みがあるんじゃないの？」

「むぐっ……でしょう？」

なにを言っているのか分からないので食べ終わるまで待つことにした。

うちの会社はよくも悪くも古い体質が抜けない会社だ。かといってブラック企業ともまた違い、家族経営ゆえに高度成長期と呼ばれる時代には当たり前だった慣習が抜けきれていないような感じだ。

その時にふとなにかが頭をよぎった気がした。残像のようにつかめない輪郭にじっと考えをめぐらせている間に、風子ちゃんがお茶でみかんを流しこんだ。

「だって、ぜんぶ社長に関することが書き込まれているんでしょう？」

「まあ……たしかに」

違和感のようなものがじわじわと忍び寄ってくる。

「『悪しき慣習』なんて文章、私なら絶対に思いつかないけどな」

「…………」

「それより今夜はビーフシチューにしようと思うの」

「……うん」

「お腹痛いの？」

首を横に振っても違和感が拭えない。

胸の奥深くに芽生えた疑問が、どんどん形を成していく。

「風子ちゃん」

「はいはい」

顔を突きだした風子ちゃんに、少し迷ってから口を開く。

「日曜日って誕生日会をしてくれるんだよね？」

「もちろん！　朝から夜までパーティだよ。今年はケーキを手作りしようと思ってるの」

ホクホクとほほ笑む風子ちゃんにうなずきながら、心の中で『君子は豹変す』の言葉を思い浮かべていた。

自分の信じていたものが間違いだったとしたら、それは正さなくてはならない。運命を変えられるのは自分だけだから……。

「日曜日の予定を変更してもいい？」

「ええっ!?」

悲鳴を上げる風子ちゃんに、顔を近づけた。

「協力してほしいことがあるの」

そう言う私に風子ちゃんは「ん？」と目を丸くしていた。


南岸低気圧が降らせる雪は、夕方になってもまだやまない。窓の外は白にけぶり、民家の屋根を同じ色に染めている。誕生日に雪が降るのはうれしいけれど、これからしようとしていることを考えると気持ちは重い。

「東京でも最近はこんなに雪が降るのねぇ」

エプロンを取った風子ちゃんが感慨深げに言った。

「ここ数年、十二月に一回は降ってる気がする。メインは二月だけどね」

「ひどくならないうちに陽葵ちゃんと一緒にスカイツリーに行けてよかったわ。お父さんにお土産も買えたし。いい誕生日会だったわ」

「予定を変更してもらってごめん。ケーキも大急ぎで作らせてごめん。あと、早く帰らせることも……ごめんね」

くり返す『ごめん』に、風子ちゃんはニッコリ笑ってトランクを指さした。スカイツリーの形をしたぬいぐるみが窮屈そうに押しこまれている。実家の寝室にある東京タワーのぬいぐるみと並べるそうだ。

「ぜんぜん平気。陽葵ちゃんの役に立てるほうがうれしいもの」

風子ちゃんにはただ『誕生日にお客さんを呼びたいから、今年はそのタイミングで帰ってほしい』とだけお願いをしてある。

風子ちゃんはもちろん来る人と理由を知りたがったけれど、どうしても言えなかった。

壁の時計はもうすぐ五時になろうとしている。

トランクを閉めながら、風子ちゃんが「そうそう」と私を見た。

「スカイツリーで食べたランチの写真、あとで送ってね。山本さんの奥さんに自慢したいから」

「分かった」

うなずくと同時に、部屋のチャイムが大きな音で鳴った。

動けない私に代わり風子ちゃんがトランクを抱え、

「じゃあ、またね」

ドタドタと玄関に駆けていく。

……ついにこの時が来たんだ。

これほどプレッシャーのかかる誕生日は初めてだ。うまく伝わるといいけれど、自分が伝えるだけの言葉を持っていないことは自覚している。

だけど、やるしかない。

にぎやかな声が玄関から聞こえる。ふたりは楽しげにしゃべったあと、風子ちゃんは入れ替わりに帰っていく。

廊下を歩く音に続き、リビングのドアが開いた。顔をだしたのは、夏帆さんだった。

「久しぶりに風子さんに会えたよ。あいかわらずにぎやかだよね」

手に持つ空色のコートと、ピンク色のバッグが雪で濡れている。髪を下ろし、休日用のメークがとても似合っている。

そんな夏帆さんを、これから傷つけることになるかもしれない。

夏帆さんはこたつの上に置かれたケーキに目を輝かせた。風子ちゃんが作るケーキはいつも特大サイズ。フワフワのスポンジに厚めに塗った生クリーム、上にはイチゴが山のように飾られている。

「え、これって手作りだよね。風子さんって本当に料理が――」

言葉に急ブレーキをかけた夏帆さんと目が合った。一瞬目に浮かんだ戸惑いを隠すように、夏帆さんは荷物を脇に置きこたつに足を入れた。

「てっきり風子さんも一緒に誕生日会をやると思ってた。まさかふたりきりなの？」

スマホでケーキを撮影しながら夏帆さんが尋ねた。カシャ、カシャと無機質な音が続く。

「夏帆さんとどうしても話がしたかったの」

「えー、なになに。怖いんですけど」

おどけているけれど、あえて視線を外しているのが分かる。正座をして向き合っても、夏帆さんはスマホで撮影した画像を眺めているだけ。

「あのSNSのことについてです」

「SNS？　あのアカウント、やっと削除されたよね」

先週金曜日の夜、夏帆さんを誕生日会に誘った。その直後、例のアカウントはこの世から消えた。

音声もコメントも大もとは消えたけれど、拡散されたデータはこれからも生き続けるのだろう。

「書き込みの削除依頼をしていないから、社長にせっつかれたのですか？　それですぐに削除したんですよね？」

「え……なにその言い方？　それじゃあ私がまるで犯人みたいじゃない」

戸惑う瞳の奥が不安げに揺れている。

「私は」と口にすれば、その声は自分にも聞こえないくらい小さかった。お腹にグッと力を入れて前を向く。

「私はそうだと思っています」

しんとした沈黙のあと、夏帆さんがおかしそうに笑いだした。

「そういう冗談はよくないと思うよ。それにさっきから会社じゃないのに敬語だし」

「本当のことを話してほしいんです。あのアカウントは夏帆さんですよね？」

「違うよ。ほんと笑えない」

「だけどそうじゃないと説明が――」

「やめてってば！」

鋭い声が響いた。ハッとしたようにうつむいた夏帆さんが荷物を手にして立ちあがった。

「今日の陽葵ちゃん、ヘンだよ。私、今日は帰るね」

「待って」

夏帆さんの背中に声をかけるが、そのまま玄関へと向かってしまう。

どうしよう。このままじゃなにも解決しない。

「夏帆さん。社長のことをずっと恨んでいたんだよね？」

「だから違うって！」

ヒールを履きながら夏帆さんは投げつけるように言った。その声に、背中に、彼女の怒りが表れている。

「糾弾したいわけじゃないの。私は、夏帆さんのことが好きだから。だからどうしても話をしたいの。夏帆さんのことを理解したいの！」

ピタリと動きを止めた夏帆さんが、やがてゆっくりと振り向いた。意外にも口もとにはやわらかい笑みが浮かんでいる。

「ねえ、陽葵ちゃん。社長のことを私が嫌っているように見えていたならごめんなさい。でも、そんな風に思ったことは一度もないの」

諭すような口調の夏帆さんに、気圧されるようにうなずいた。だけど、それも嘘だ。

「たしかに夏帆さんは、社長のことを尊敬しているっていつも言ってた。でも、本心じゃない」

「……私が嘘をついたって言いたいの？」

「嘘じゃなく願望だと思う」

「願望？」

「尊敬できるようになりたいって願っていた。だから何度も言葉にして、自分に言い聞かせていた」

篤生は、過去から続く因果でＳＮＳの事件が起きていると言っていた。大きな悲しみが私につながっている鎖の色を変えてしまうと。

だとしたら、夏帆さんの悲しみを知りたい。

「なによそれ」

鼻で笑ったあと、夏帆さんは髪をかきあげた。

「意味が分からない。陽葵ちゃんに疑われるなんて悲しい」

これまでの私なら素直に納得し反省までしたかもしれない。だけど、私は運命を変えるって決めたから。

「夏帆さんには昔からの夢があったんですよね？　でも、お兄さんが失踪したことで強制的に社長の会社に入れられた。夢を諦めて家族に従うしかなかった」

ハッと身を震わせた夏帆さんが、ゆっくりと私を見た。

「それでも夏帆さんは、社長を許そうと思って努力してきた。だけど、社長はそれが当たり前のように厳しく指導してくるだけ」

　夏帆さんは燃えるような瞳でこちらをにらんでいる。それでも私は迷わない。

「唯一の味方だった伯母さんが亡くなったことで、わずかな希望さえ消えてしまった。長い間堪えていた怒りが爆発したんだと思う」

「……ほかには？」

　生気のない声で夏帆さんは尋ねた。

「SNSのアカウントを作成する前に、長くつき合っていた恋人に夏帆さんから別れを切りだした。好きな人にだけは迷惑をかけたくなかったから」

　ぼんやりと立ちすくんでいた夏帆さんが、「ああ」とため息をついた。

「それってぜんぶ陽葵ちゃんの妄想だよね？」

「かもしれない。だからこそ、夏帆さんに話を聞きたいの」

　ガチャンと音を立てて、家のカギが外された。

　開いたドアから冷たい風が攻撃するように吹きこんでくる。

「こんな話、もう陽葵ちゃんとしたくない」

「ちゃんと話し合いたいの。夏帆さん、お願いだから――」

「いい加減にしてよ！」

　目の前で力強くドアが閉まり、風が前髪を冷やした。

　――このまま行かせてはダメ。

マフラーだけを手にして飛びだすと、粉雪が廊下に迷いこんできている。廊下の先にあるエレベーターのドアが閉まった。

「夏帆さん！」

追いかける私に気づくことなくエレベーターは下っていく。迷いなく非常階段のドアを開けて駆けおりた。

夏帆さんを怒らせてしまった……。私がしようとしていることは正しいのだろうか。

罪悪感を振り切るように一階まで下り、外へ飛びだすけれど夏帆さんの姿は見当たらない。しんしんと降る雪が、邪魔するように視界を遮っている。

駅への道を走りだすと同時にぬかるみに足を取られ激しく転倒してしまった。

嫌な音とともに濡れたアスファルトに膝と頬をぶつけた。チェック柄のロングスカートが泥に染まっていく。

なんとか立ちあがり、急ぎ足で駅へ向かった。頭にあるのは夏帆さんのことだけだった。

どれほどの苦しみを耐え抜いてきたのだろう。父親であり社長である紘一さんに逆らえず、描いた夢をぜんぶなかったことにされたなんて。

いつも笑っていた夏帆さんが、本当は泣きたい気持ちでいっぱいだったことに気づいてあげられなかった。そんな自分がただ悔しかった。

駅前の高架下に着いても夏帆さんの姿は見つけられなかった。もうあたり一面夜の景色に沈んでいる。

「どうしよう……」

　このまま夏帆さんの家に行くにしても財布すら持っていない。その時、急速に冷えを感じた。コートもなく、マフラーだけではさすがに寒い。

　とにかく一度部屋に戻り、スマホと財布——コートを取ってこなければ。

　ガクガクと震えながらマンションへ続く道を戻っていると、左手にある小さな公園に空色のコートを着た背中が見えた。

　……いた。

　夏帆さんは公園にあるベンチに腰を下ろしていた。声をかけると逃げられてしまいそうで、うしろ側からゆっくりと近づいていく。

　雪が彼女の髪を濡らし、小さな背中は小刻みに震えている。どうしようもなく泣きたい気持ちが込みあげてくるけれど、歯を喰いしばって耐えた。

　近くまで来るとやっと夏帆さんは私に気づき、そしてもとのようにうつむいた。

「……ごめんなさい」

　そこに怒りはなく、夏帆さんは絞りだすように言葉を落とした。隣に腰を下ろしても、もう逃げだす様子はない。

「私こそごめんなさい」

　白い息を宙に逃がすと、その行方を夏帆さんは眺めている。そしてまた、ため息。

「……どうして私がやったって分かったの？」

やがて消え入りそうな声がかろうじて耳に届いた。

やっぱり夏帆さんだったんだ……。

自分の推測が当たっていたことで苦しくなるなんて思わなかった。気づけば涙があふれ、あっという間に膝の上にこぼれ落ちていた。

「最後の投稿に違和感を覚えたの」

「最後の？」

夏帆さんがかじかんだ手でスマホを開いた。画面に表示された『最低最悪の悪しき慣習』の部分を指さす。

「最初は分からなかった。でもふと思いだしたの。悪しき、って言葉、夏帆さん時々使ってるって。それで、夏帆さんが犯人だと仮定してみたら、ぜんぶ辻褄が合う気がして」

文字を見た瞬間は分からなかったけれど、風子ちゃんと話をしているうちに思いだしたのだ。

「ああ……。そっかあ」

スマホを持つ手がパタンと膝の上に落ちた。

「さっき言われたこと、ぜんぶ当たってたよ」

「夏帆さん……」

「社長を……父を好きになりたい。ならなくてはいけないと思ってた。陽葵ちゃんの言うとおり、そう願いながら自分に嘘をついてきた」

洟を啜ったあと、夏帆さんはゆるゆると首を横に振った。

「父親に逆らえず、大事なものを手放しながら生きてきた。でも、母が亡くなった時に思ったの。私、なんのために生きてるんだろう、って」

美しい瞳から涙がひと筋流れ落ちた。雪も泣いているように上空からはらはらと落ちてくる。

「すべてあの人の言うようにしてきた。それなのに怒鳴られてばかり。一度も……ただの一度も愛されている自覚なんてなかった。やっと決めたんだ。愛されることを望むのはもう終わりにしようって」

涙も拭わずに淡々と語る姿に、胸が苦しくなる。

「残ったのは怒りだけだった。だから会社を――なにもかもを終わらそうと思った。でも……だからといって、あんなことをしてはいけなかった」

自分に言い聞かせるようにひと言ひと言をゆっくり話している。かけてあげたい言葉はたくさんあるけれど、なにを言ってもこの雪のようにすぐに溶けてしまいそうで。

「陽葵ちゃんにもスタッフにもすごく迷惑をかけちゃった。本当に情けない」

「情けなくなんかない！」

思ったよりも強い言葉がでてしまった。目を丸くする夏帆さんに、もう思ったまま話をしようと決めた。

「よく『あの人、本当はいい人だよ』とか言うでしょう？　それって深く知れば分かることだと思う。でも、私、何年経っても社長のことはそうは思えないの。そもそも深く知ろうなんて思えないもん。それくらい社長はワンマンで頑固でどうしようもないってこと」

「え……？」

「夏帆さんも怒っていいんだよ。言いたいことを堪えるとどんどん溜まるだけだから」

ふんと鼻から息を吐くと、夏帆さんの表情が少しだけ緩むのが見えた。

「怒る、か……。そういえば、私、ずっとその感情を抑えてきたのかも」

「私も援護する。ううん、させてほしい。もっと夏帆さんが夏帆さんらしくいられるように生きてほしいの」

生きて、の言葉に夏帆さんの表情が目に見えて曇った。

ひょっとしたら夏帆さんは死ぬつもりだったのかもしれない。もしくは心が死にかけている。

夏帆さんから伸びた鎖が私につながり、その色を濁らせるのだとしたら、私は運命に抗いたい。夏帆さんの心を生き返らせたい。

「篤生が言ってたの。私にはいくつもの鎖が絡みついているんだって。鎖の色を変えるのは自分自身だとも言われたの」

「〝冬の君〟のことだよね？」

「そう。冬になるたびに私に死を予告しにくるの。きっと今年の私の任務は夏帆さんから伸びた鎖の色を変えることだったんだと思う」

夏帆さんは瞬きをしたあと、また力なく視線を落としてしまった。

その冷えた手を握るのに勇気なんていらなかった。

「アカウントは消したんだから、もうこれは完全犯罪だよ」

「え？」

夏帆さんはきっとアカウントの削除依頼なんてだしていないし、警察にも相談をしていない。だって彼女が犯人だったのだから。

「このことに気づいているのは私だけ。ＳＮＳだってすぐに新しい話題に流れていくだろうし、今回のことも炎上と言うほど大騒動にはなっていない。だから、しれっとしていいと思う」

「でも……」

「私は無理だよ。こんなことをしてしまった以上、仕事場には戻れない」

さみしそうに言う夏帆さんに、

「仕事を辞めたいの？」

ストレートに尋ねると、迷うように瞳を伏せてしまう。

「分からない。今は、なにも分からないの。ちょっと混乱してて……。でも、辞めるしかないと思う」

気弱に逃れようとする手に力を込めた。

「よくこういう時に、職場を去っていく人っているでしょう？　でも私は違うと思う。なにが正義かなんて人それぞれだから、夏帆さんが選ぶ道を私は応援する」

しばらく見つめ合ったあと、夏帆さんは「ふ」と小さく笑った。

「陽葵ちゃん、すごいね。この数年ですごく強くなった気がする」

「強さを教えてくれたのは夏帆さんだよ」

雪が少しずつ雨に変わっている。濡れた前髪から伝う滴が氷のように冷たい。音もなく公園の照明がつくのを見て思いだす。

「あれ……今、何時？」

唐突な質問に戸惑いながら、夏帆さんは腕時計に目をやった。

「もうすぐ六時半だよ」

「いけない！」

夏帆さんの腕を取り強引に立ちあがらせた。戸惑う夏帆さんを引っ張り歩道にでた。

「ど、どこに行くの？」

「約束をしてたの」

駅の方向へ進む。自分から頼んでおいてすっかり忘れてしまっていた。

「実は、ある人に連絡してたんだ。家に来てもらおうと思ってたんだけど夏帆さんが嫌がるかもって思って。だから駅前で待ち合わせしてるの」

一方通行を進むとようやく駅の高架が見えてきた。

「待って。待ってよ。今、社長となんて会えないよ」

「違う、相場《あいば》さんだよ」

そう言う私に夏帆さんはぽかんと口を開いた。

「相場……さん？　え、どうして……」

「相場幸次《こうじ》さん、幸せが次に来るっていい名前だよね」

ぶるぶると首を横に振った夏帆さんが私の腕をギュッとつかんだ。

「どうして幸次のことを？　私……言ってなかったと思うけど」

「会社名と部署、それから赴任先まで教えてくれたよね。名前を調べるのは大変だったけど、うちの本社とは取引があるでしょう？　本社の人をうまく誘導して聞きだしたの」

実はこっそり札幌支部に電話をしたところ、運よく相場さんが電話にでてくれたのだ。

「聞いたよ。一方的に別れを告げたんだってね。相場さん、三キロもやせたんだって」

「え……え……？」

駅前の歩道に黒いカサをさした人が立っている。

「夏帆さん」と、私は混乱している夏帆さんの肩を両手でつかんだ。

「これから先、どうするかは夏帆さんが決めていいの。夏帆さんが幸せになれる方法を選んでほしい。まあ、個人的には今のまま会社にいてほしいって思ってるのは伝えておくね」

「陽葵ちゃん……」

「ほら、もう行って。私、そろそろ凍死寸前だから」

冗談ではなく体の芯まで冷えきっていて、つかんだ指先の感覚も鈍くなっている。

相場さんを見つめるその瞳に夏帆さんの涙がキラキラ光っている。私の口もとにも自然と笑みが浮かんだ。

「ありがとう。本当にありがとう」

夏帆さんが一気に駆けていく。「幸次！」と叫ぶ声と一緒に相場さんに抱き着いた。

夏帆さんが自分の道を選ぶことができるように願いながら、私も帰ろう。

濡れた体に汚れたスカートで寒さは身に染みるけれど、今は誇らしい気分でいっぱいだ。

陽葵へ
二十五歳のお誕生日おめでとう。
どんな誕生日を迎えていますか？
陽葵。
五歳の誕生日のことを覚えていますか？
文絵《ふみえ》が急に来られなくなり、あなたはさみしがっていましたね。
でも、文絵も同じで、あなたに会うのを楽しみにしていたの。

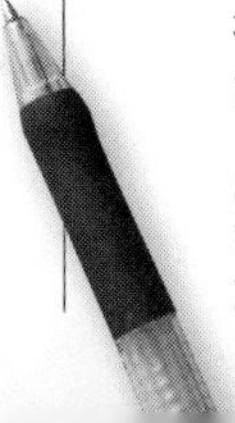

「アメリカから、お祝いしているからね」と言っていました。
あれからもう二十年が経つなんて早いものですね。
今日の誕生日、あなたが愛する人と過ごせていますように。

母より

幕間

僕にとって、いちばん大切だったのは家族の存在。
あの、運命を変えるために必死だった冬を後悔したことはない。
今頃あっちの世界で、僕と家族は笑って過ごしているはず。
そう思えば、この暗闇だって怖くなかった。

今年の冬も君は運命に立ち向かってくれた。
君を見ていると、僕はかつて教えてもらった勇気を思いだせるんだ。
けれど次の冬、運命はついに君を捕まえにくる。
君は苦しみ、死を選ぼうとするかもしれない。
不器用な僕だけど、この冬の迷宮から君だけは救いだすから。
たとえ僕が、永遠の冬に閉じこめられたとしても。

だからどうか恐れずに、この先に待つ悲劇を乗り越えてほしい。

もうすぐ、最後の冬がやってくる。

四年目／長い嘘が終わる日に

オフィスでパソコンとにらめっこをしていると、ふと頭をよぎることがある。

それは、去年風子ちゃんがくれた手紙のこと。

二十五歳の誕生日を祝ってくれたあの手紙の内容は、今でもまだ信じられない。五歳の誕生日、文ちゃんとふたりで風子ちゃんの帰りを待っていた記憶は間違いだったのだ。

風子ちゃんに確認すると、前までは『忘れた』だったのに、『そうよ。あの日は陽葵ちゃん、ひとりで待っててくれたのよ』なんて当たり前のように言っていた。

帰省した際に父にも聞いてみたけれど、そもそもその日にいなかったから知りようもない。父は申し訳なさそうに笑っているだけだった。

「でもな……」

キーボードを打つ手を止めてつぶやく。

あの日、文ちゃんはたしかに私のそばで励ましてくれた。だからこそ風子ちゃんの帰りをじっと待っていられた。

そう考えると、人の記憶なんてあいまいなものだ。

自動ドアの開く音に顔を上げると、社長が入ってくるところだった。デスクにマフラーを投げ捨てるとスタッフを呼び集めた。

その態度だけで機嫌が悪いのが分かる。むしろ、機嫌がよい時を見たことがないけれど。

あのSNS騒動から一年が過ぎようとしている。最終的にそこまでの炎上には至らず騒動が収まると、社長が大人しかったのは最初だけ。

まぁ、社長らしい。けれど、最近は私たちによる抑止力も強くなっている。

動画編集を今日終わらせるのは諦め、現状分を上書き保存する。

カーディガンを羽織っていると向かいのデスクのリカさんが目線で合図を送ってきた。

もうすぐ定時なのに、という不満が言わなくても伝わってくる。

しょうがないよ、と肩をすくめ社長のもとへ向かう。遅れて野田さんも渋々という感じでやってくる。

「なんだこれだけか」

社長が私に目線を合わせたので「はい」と答えた。

「社員の予定はオンラインスケジュールどおりです。間もなく全員帰社する予定です。パートさんは三時で退社しております」

あれほど苦手だった社長なのに、業務上の受け答えは臆することなくできるようになった。

「まあいい」と、社長は壁にかけてあるカレンダーをあごでさした。

「今年の忘年会だが、二十四日に開催する。予定を空けておくように」

クリスマス・イヴを完全に無視して忘年会の予定を入れるなんて社長らしいけれど、私たちの反応の鈍さにも気づいてほしい。

「私はそちらには参加できません。ケーキも予約していますし」

野田さんが口火を切るのと同時に、リカさんが「私もです」と言った。

「その日はデートなんです」

「は？」

「あたしたち婚約したんですよ。その日はふたりっきりで過ごす予定なんです。あ、有休の申請はとっくにだしています」

ぽかんと口を開けた社長が、

「冴木とか？」

と眉をひそめた。

「やだ、社長。冴木さんとはもともとつき合ってませんから」

「あたしたち、って言わなかったか？」

「寿さんとです。あたし、寿リカになるんですよ。あ、ちなみに結婚式は三月で、そのあと新婚旅行でハワイに行くので長期休暇をいただく予定です」

いつの間に親しくなったのやら、ふたりから婚約の報告を受けた時は皆で驚いたものだ。ひとりなにも知らなかった社長は絶句している。

冴木さんは春に企画演出部に異動になって以来、オフィスも変わったためオンラインでしか顔を見なくなった。新しい部署での仕事が大変なのだろう、プライベートで声をかけてくることもなくなった。

すべてのことは変わっていく。

この一年で私たち女性陣の結束が強くなったのも変化のひとつだ。

「ふたりも来ないのか。じゃあ別の日に変えてもいい」

イライラを隠せない社長が舌打ちをした。今度は私が話をする番だろう。

「今年の忘年会ですが、二十七日の月曜日に行うことにしました」

「二十七日なんて遅すぎるだろ。しかも月曜日なんて聞いてない」

「すでに皆にメールで概要を送っております。今年は発注数が多く、その日が仕事納めになります。なのでその日に忘年会を」

「知らん」

社長が輪をかけて不機嫌になる。けれど、あとひとつ伝えておかなくてはならない。

「忘年会は業務終了後、ここでやります。時間も二時間限定です」

「はあ!?」

不愉快そうな声を聞かなかったことにして、そのまま続ける。

「ピザとか会社に出前をとって軽くやります。年末は皆さん忙しいですから」

「定時後は子どもも連れてきていいって書いてくれてたよね。ありがたいわ」

野田さんの声も耳に入らないらしく、社長の顔がみるみるうちに真っ赤になった。

「そんなこと、許可した覚えはない」

怒りを抑え、にらみつけてくる目が怖い。

その時だった。

「私が許可しました」

外回りから戻ってきた夏帆さんがまっすぐこちらへ向かってくる。

髪を短く切った夏帆さんは最近ますますきれいになった。

相場さんと結婚することを、先月皆に話した時の夏帆さんは、凜とした美しさにあふれていた。

憎々しげな社長をものともせず、夏帆さんはバッグから一枚の用紙を取りだした。

「ここに概要が書いてあります。メールで流しましたが、どうせ読んでないんでしょ」

「知らん。こんなところでするなんて子ども会かよ、いい加減に——」

「前からお伝えしていますが」

夏帆さんが天井をチラッと見た。つられて上を見た社長がバツの悪い顔に変わった。あの炎上騒動以来つけられた防犯カメラだ。

「社内の様子はあのカメラで常に録画されています。大声をだす、デスクを叩く、一度承認したものを覆す、自宅での忘年会を強要する。これらはすべてパワハラになります」

「お前……」

にらみつける社長に、なぜか夏帆さんはクスッと笑った。

「たまにはいいじゃないですか。クリスマス・イヴは親子水入らずで過ごしましょう。今年は兄さんも来てくれるみたいだし」

「春哉が？」

これは初耳だった。

「お兄さんと連絡取れたんですか？」

驚き思わず口をはさむ私に夏帆さんは「うん」とうれしそうに笑った。

「実は密かに連絡を取っていたの。私が結婚することを伝えたら、すごく喜んでくれてね。家族で遊びにきてくれることになったんだよ」

「じゃあ、相場さんも来られるんですね」

「そうそう」

啞然としている社長に夏帆さんは一歩近づいた。

「兄さんに会うのも楽しみだけど、奥さんと晴香《はるか》ちゃんに会うほうがもっと楽しみなの。晴香ちゃん、三歳になるんだって。おじいちゃんもプレゼント、買っておいてよね」

そう言って社長の肩を叩く姿は去年までの夏帆さんとは別人のようだ。まっすぐに背を伸ばし、厳しさとやさしさを同時に表現しながら社長をいなしている。

しばらく黙ったままでうつむいていた社長が、気弱そうに夏帆さんを見あげた。

「三歳の子ってなにを買えばいいんだ？」

夏帆さんが「じゃあ」と腕時計を確認する。

「これから一緒に買いにいこうか」

「分かった。車はだす。……今日は先に帰るな。お疲れさん」

ふたりしてでていくのを見送ったあと、オフィスに残された私たちは顔を見合わせてから大きな声で笑った。

今年はいい冬になりそうだ。

――でも、そんな予感が幻想であることを私は知っている。

この冬、私は死んでしまうのだから。

歩道橋の上から見える景色は、気づかないうちに変化していた。遠くに煙突のようなビルが立っていて、手前にはマンションが並んでいる。道路沿いにあった喫茶店は、小型のスポーツジムになって久しい。

雲ひとつない快晴だった今日。夕方になっても朱色の空は冬らしく澄んだままだ。仕事帰りはいつも歩道橋の上で立ち止まってしまう。

秒ごとに夜の景色に変わっていく空を眺めていたら、風子ちゃんから着信が入った。

『もしもし陽葵ちゃん。聞いたよ、夏帆さん結婚するんだってね』

興奮を隠しきれない様子の風子ちゃんの声は大きく、スマホを耳から少し離した。

「そうそう。ついに彼氏さんとゴールインだって」

『婿に入ってくれることになったんでしょ。すごいよねぇ。お祝い考えなくちゃね』

そんなのまだ先だよ、と言いかけた口を閉じた。毎日はあっという間に過ぎていき、気づけばもう冬。夏帆さんだけじゃなく、リカさんの結婚式もあっという間にやってくるだろう。

『そういえば送った手紙、読んでくれた？』

「読んだよ。最近やたら届くけど、ちょっと急いで書きすぎじゃない？　たまに解読できないほど文字が乱れてる手紙があるんだけど」

『………』

三日前に唐揚げを作っている最中に右手の指を火傷した。そのことを風子ちゃんに言ったところ、昨日届いた手紙には火傷痕の処置について詳しく書かれていた。よほど慌てて書いたのだろう、字が躍りまくっていた。

「もしもし、聞いてる？」

『聞いてるよ。って、あたしなにを書いたんだっけ？』

書いたそばから忘れるのは風子ちゃんにとって通常運転だ。

「火傷の処置についてだよ」

『そうだったそうだった。陽葵ちゃんが心配だったんだもん。それより、年末年始は帰ってくるんだよね。山本さんの奥さんが陽葵ちゃんに会ってもらいたい人がいるんだって』

「今の発言で帰るのやめようかなって思っちゃった」

素直にそう言うと、スマホの向こうでブーイングの声がした。

『あたしの顔を立てると思って一回だけ会って。このとおり、お願い』

このとおりと言われても電話では伝わらない。

「今年の誕生日も来るんでしょう？　その時に詳しく聞くよ。じゃあ、またね」

　風子ちゃんは不満げだったけれど、私は強引に通話を終えた。今年の誕生日は月曜日なので仕事だけど、午後からは半休を取っている。ちなみに風子ちゃんは土曜日から来るそうだ。

　手すりに腕を乗せて車道を見おろす。街路樹につけられた電飾が青く輝いているということは、もう六時を過ぎたということだ。

　毎年変わらない風物詩。控えめなイルミネーションを楽しみにしているのは私くらいだろう。

　足音がして顔を向けると、当たり前のように篤生が立っていた。黒色のチェスターコートに白色のニットというコーデが去年より彼を大人に見せている。

　イルミネーションに背を向ける恰好で手すりにもたれると、

「こんばんは」

　篤生は平凡な挨拶をした。

「こんばんは。久しぶりだね」

「なんか大人っぽく見えるよ」

「それはこっちの台詞。お互いに一年歳を取ったね」

　なんて、普通の会話をしてみせるけれど、本当は緊張でいっぱいだ。冬になるたびに、篤生に会うたびに、私の運命の日が近づくことになるから。そして今年は――。

　同時に、やっと会えたといううれしさも感じる。私の運命を知っている唯一の人。

伸びた前髪の隙間から私を確認するように見たあと、篤生は首をかしげた。

「てっきり暗い顔をしていると思ったけど、意外に元気そうだ。いい一年だったの？」

前言撤回。あどけない表情になる篤生に、自分だけ歳を重ねた気分になった。

「今年はいい年だったよ。夏帆さんも元気になったし、職場も働きやすくなった。ぜんぶ、篤生のアドバイスのおかげ」

「素直な陽葵は陽葵らしくない」

嫌みを言いながらも、篤生の口もとは緩んでいる。

今年は暖冬らしく、気温は下がっていてもお互いの口から白い息は漏れていない。

篤生が私の手を握った。あまりにも自然な流れで反応するのが遅れてしまった。

「他意はない。ただ視てるだけだから」

「……分かってる」

しばらくそのまま黒い空を見た。死の予告をされてから四年。いろんなことがあったけれど、今もこうして生きている。自分自身も少しは変われた気がしている。

ひょっとして死の運命が消えたのでは？

この一年密かに期待していたことは、次の瞬間、篤生がついたため息であっさり否定された。

「やはり運命は変わっていない。今年の冬、君は死ぬ」

解かれた手が、さっきまで感じなかった寒さを教えている。

「鎖の色を変えろって言ったよね？　変わってないの？」

「鎖は縁を表している。君が関わる誰かがついた嘘により、今年の冬、絶望に直面することになるんだ」

「絶望……」

冴木さんの嘘。夏帆さんが起こした反乱。どちらも知った時には驚きと同時に悲しくなった。それよりももっと深い悲しみが待っているとしたら、私は耐えられるのだろうか。

篤生が手すりから離れて体ごと私に向いた。

「陽葵が絶望する原因がなんとなく分かる。けれど運命を変えるには自分で知り、自分で抗うしかない。だからこれ以上は言えない。ごめん」

「ううん……」

不思議だ。私よりも篤生のほうが悲愴感にあふれている。

「私のせいでごめんね」

思わずでた言葉に自分でも驚いた。

「あ……ほら、私に触れたことで余計な心配をかけているから」

「大変なのは僕じゃない。陽葵だよ」

急に冷たい口調になってしまった。篤生はまるで陽炎のよう。近づくと逃げていく儚い幻。

冷たい風が音もなく髪を乱し、私たちの間をすり抜けていった。

まるですぐそばにある死を知らせるようで、不安定な心が呼応するように震えた。

「それでも……」

彼は風を見るように顔を上げた。

「陽葵には感謝しているんだ。暗闇にしか思えなかった冬を、少しだけ明るくしてくれたから」

以前もそんな話をした記憶がある。篤生にとっての冬は暗闇で、私にとっては白色。

もうずいぶん前のことに思える。

「逆に今は私が暗闇のイメージになっている気がする」

「じゃあ、ふたり合わせてグレーのイメージだね」

冗談めかして言ったあと、篤生はまっすぐに私を見た。

「絶望を感じてても君ならきっと運命に立ち向かえるはず。うまく言えないけど、応援しているよ」

うなずく私に、篤生は初めて白い歯を見せて笑ってくれた。


十二月十三日、月曜日。朝から胸騒ぎがしていた。

家をでた途端にどしゃ降りの雨に打たれたこと。夏帆さんが熱をだして会社を休んだこと。会社のインターネットがつながらず復旧に時間がかかったこと。予想外に大幅な動画の修正指示が来たこと……。

数えあげればキリがないほどのトラブルが続き、昼休みも取れずに作業を進めている。

『じゃあ修正はこちらでやりますから』

パソコンのモニターに映る寿さんがいつもより早口でそう言った。

「お手数をおかけします。納期が明日の――」

『朝までですね。なんとかなると思います』

「よろしくお願いいたします」

『なにかあれば連絡します』

寿さんの左手に光る真新しい婚約指輪について触れることもできず、オンライン会議は慌ただしく終了した。

仕事納めまであと二週間。かなり急ピッチで進めないと終わりそうもない。

「あとは……」

メール画面を開くと、いくつか返信を要するものがあった。

「お疲れ様です！」

自動ドアが開くのが待ちきれなかったのだろう、リカさんの声が先に届いた。

「もう最悪です。契約に遅れそう！」

冬なのに額に汗しながら駆けてくるリカさんに、契約書一式の入った封筒を渡した。

「え、用意してくれてたんですか？」

「別の会社の契約書を作ったついでに作っておいたの。一応、相手方の名前確認してね」

「ありがとうございます。ほんと、マジで年末ってヤバすぎ」

「相手方の――」

言い終える前にリカさんは飛びだしていってしまった。

誰もいないフロアでメールの返信をしていると、脳裏に篤生の顔が浮かんでしまう。この数日はひとりになると自動再生状態だ。

社会人になってからいろんなトラブルが起きたけれど、これまではぜんぶ乗り越えることができた。それはすべて彼のおかげだ。

「絶望、か……」

篤生は心配してくれていたけれど、どんなことが起きても今なら大丈夫と思える。だけど……この冬に来る、私を死に導く試練とはいったいなんなのだろう。時折、言いようのない不安に押しつぶされそうになる。

自動ドアが開く音がして顔を上げると、社長が「お疲れさん」と入ってきた。

「お疲れ様です」

「茶、頼む」

「はい」

給湯室に向かいながら、緩みそうになる口もとを意識して引き締めた。

オンラインで登録されているスケジュールを確認し、夏帆さんのいない時にこっそり来るようになった社長。ビシバシ意見を言うようになった夏帆さんを避けているのがまる分かり。

今日は夏帆さんが休んでいるので堂々とやってきたのだろう。最近はそんな社長がちょっと可愛く思える。

「お待たせいたしました。あの、夏帆さんの具合は大丈夫ですか?」

「インフルエンザらしくて部屋に籠城してる。買い物のメモだけ渡されたからこれから買いにいかなくちゃならん」

スーツの胸ポケットからふたつに折ったメモを取りだす社長。覗くと『スポーツドリンク(カロリーゼロ)×3、うどん(糖質0)×1、卵(6個入り)』などと細かくリストが書かれている。

代わりに私が買いにいくこともできたけれど、やさしい目でメモを見ている社長にそれは野暮だろうと思った。

誰から見ても分かるくらい、社長の態度は軟化している。それはきっと夏帆さんのおかげでもあり、お兄さんやその家族のおかげでもあるだろう。

「なんだ、ニヤニヤして」

「いえ。なんだか社長がうれしそうに見えまして」

「まあ、な。ったく夏帆の奴、俺に冷たく当たるからバチが当たったんだよ」

本当は夏帆さんにお願いされたのがうれしかったに決まっている。一礼して仕事に戻ろうとした私に、「そういえば」と社長が言葉を続けた。

「陽葵もここに来てずいぶん経つな。今じゃすっかり夏帆みたいになってる」

「夏帆さんに憧れているのでうれしいです」

「ちっとも褒めてない。いいか、あんなのに憧れるのはよせ。昔から陽葵はやさしくて無口で、そういうところを俺は気に入ってたんだ。どことなくあいつに似ててなあ」

亡くなった伯母さんのことを話す時、社長はいつも悲しそうだ。自分でも気づいたのか、慌ててお茶を飲み、熱さに目を白黒させている。

「伯母さんが亡くなってから二年が経つなんて早いですね」

「夏帆は結婚したら家をでると言っている。いよいよ俺もひとりになるんだよなあ」

夏帆さんからの情報によるとイヴの日に兄である春哉さん一家が来て、今後について話し合いをするそうだ。春哉さんは『家族一緒なら戻って同居してもいい』と言っているそうだけど、このことは社長には内緒。さらに、この会社に入る意思があることも口が軽い社長にはまだ内緒だ。

社長と違い、私は口が固いのだ。

「そういえば、風子さんは元気か？」

社長の口から風子ちゃんの名前がでるのは久しぶりのことだった。

「おかげさまであいかわらず毎日のように電話が来ています」

「毎日？　そりゃ、かなわんな」

「元気なのはいいんですけど、泣いて笑って怒ってまた泣いて。ほんと喜怒哀楽が激しいんですよ」

苦笑した社長が、なにかを思いだしたように目を細めた。

「そんなに元気になったのか。結婚当初と比べると大違いだな」

「え？　昔と今の風子ちゃ——母と印象が違うんですか？」

私の記憶では昔から風子ちゃんは風子ちゃんのまま。何事にも猪突猛進でぶつかって泣いて、あとで大笑いする。そんなイメージしかない。

「ぜんぜん違う。真守《まもる》に初めて紹介された時には、『あんな暗い人で大丈夫なのか？』って親戚一同心配したくらいだ」

「びっくりです。それ、本当に母の話ですか？」

にわかには信じがたい話だ。暗い風子ちゃんなんて、ケンカした時くらいしか見たことがないし、それだって長続きしたためしがない。

背もたれに体を預けた社長が、

「陽葵のおかげで風子さんは立ち直ったんだよ」

感慨深げに言った。

立ち直った……？　言っている意味が分からずにあいまいにうなずく。

「これは内緒の話なんだけど——」

口の軽さだけはなんとかしてほしい。そんな気持ちは、続く社長の言葉で吹っ飛んだ。

「風子さん、あの頃は生きる気力を失っていたそうだ」

「え……？」

思いもよらぬ単語に頭が真っ白になった。

「気持ちは分かるよ。やっと授かった子どもを流産で亡くしたんだからな」

朝から続いていた悪い予感が一気に襲いかかってくるような感覚だった。

風子ちゃんが流産していた……？　そんな話、一度も聞いたことがない。

眩暈がして足を踏ん張ろうとしても力が抜けていくのが分かる。

混乱する中、社長のスマホが鳴りだした。

「たしか」とスマホを見ながら社長は言った。

「雪子って名前までつけて、よほど楽しみだったんだろうな」

と。


夜のコンビニが暗闇の中、宇宙船のように浮かんで見えた。

電子音に迎えられて店内に入ると、そのままコピー機へと向かう。

あのあとは仕事にならなかった。野田さんとリカさんが戻ってきても、社長の言葉が頭から離れず、気づけばふたりは退社していた。

風子ちゃんが流産していたなんて。仕事をひとつ片づけるたびに、そのことばかり考えてしまった。

流産したということは、私には姉がいて、でも生まれてはいないということ。けれど、『雪子』という名前には聞き覚えがある。何年か前の手紙にその名前がでてきた。私が生まれた日が大雪だったので『雪子という名前が候補に急浮上したほどです』、たしかそんな内容だったはずだ。

もしかして、これがこの冬の試練に関係している……？

ひょっとして雪子はこの世に生まれていたのではないか、という考えに至ったのは、残業を終えた直後のこと。私には亡くなった姉がいた可能性が高い。

だとしたら戸籍謄本に載っているのではないか。

そう思い立った途端すぐにも調べてみたくなり、コンビニで手に入ることを思いだしてやってきたのだ。以前利用登録の申請をしておいてよかった。

コピー機の前に立ち、ふと手を止めた。

「なにやってるんだろう……」

私が生まれる前に起きた不幸な出来事を今さら調べても意味がない。風子ちゃんたちが私に言わなかったのは、余計な心配をさせたくなかったから。そうに違いない。

そして生まれることのできなかった雪子という名前を、私につけようとした。

ということは冷静に考えれば、戸籍謄本には載っていないだろう。

分かっているのに、どうしようもない不安が拭いきれない。

――『今年の冬、絶望に直面する』

耳もとで篤生がささやいた気がして周囲を見回した。白い照明がまぶしい店内にほかの客はおらず、もちろん篤生もいない。

「大丈夫……」

もしも雪子が生まれていたとしたら、絶望よりもむしろ感謝の気持ちが生まれるだろう。

自分を奮い立たせるように小銭を投入してからパネルを操作し『戸籍謄本全部事項証明書』の項目をタッチして息を殺して待っていると、コピー機が震えながら用紙を吐きだした。

もう一度「大丈夫」とつぶやいてから用紙を目の前に持ってくる。

【本籍】の欄に熱海の住所と、お父さんの名前である『北織真守』が記してある。【戸籍に登録されている者】は三つの大枠で仕切られていて、『真守』、『風子』、そして私の名前である『陽葵』と書かれてあった。どこにも雪子の名前はない。

体中の力が抜けると同時に、釣り銭口に小銭の落ちる音がした。

やっぱり雪子は生まれてこなかったんだ……。

社長のおしゃべりに翻弄されるなんて情けない。これがこの冬の試練だと思いこんでしまっていた。

明日も激務が待っているから早く帰って寝なくては。用紙を折りたたもうとした時に、違和感を覚えた。

	全部事項証明
本　　籍	静岡県熱海市中央区飯田 ×-××
氏　　名	北織　真守
戸籍事項 戸籍編製	省略
戸籍に記録されている者	【名】真守 【生年月日】昭和44年7月10日　【配偶者区分】夫 【父】北織　攻二 【名】北織　優子 【続柄】次男
身分事項	
出　　生 婚　　姻	省略
戸籍に記録されている者	【名】風子 【生年月日】昭和50年4月3日　【配偶者区分】妻 【父】一雄 【母】美津子 【続柄】長女
身分事項	
出　　生 婚　　姻	省略
戸籍に記録されている者	【名】陽葵 【生年月日】平成13年12月20日 【父】北織　真守 【名】北織　風子 【続柄】長女
身分事項	
出　　生	省略
民法817条の2	【民法817条の2による裁判確定日】平成15年12月24日 【届出人】父母 【従前戸籍】　静岡県熱海市中央区飯田 ×-××

私の名前の下にある【身分事項】の欄に、『民法８１７条の２』と書いてある。

ぞわりと背中に冷たいものが走った。

これは……なんだろう。

右の項目に目をやると『民法８１７条の２による裁判確定日』と記してあり、私の二歳の誕生日が書かれてある。

二歳の誕生日に裁判が確定……？

ひょっとしたら、雪子から陽葵へ改名したのだろうか。

スマホを取りだす指がおもしろいほど震えていた。頭の中で響く警告音が、見てはいけないと告げているよう。

インターネットの検索ワードに『民法８１７条の２』と打ちこむのにも長い時間がかかってしまった。表示された候補のいちばん上をタップすると、すぐにその文字が目に飛びこんできた。

【特別養子縁組の成立】
第８１７条の２　家庭裁判所は、次条から第８１７条の７までに定める要件があるときは、養親となる者の請求により、実方の血族との親族関係が終了する縁組（以下この款において「特別養子縁組」という。）を成立させることができる。

そのあと、どうやって家に帰ったのか覚えていない。

気がつけば部屋の壁に寄りかかり、足を投げだした格好で座っていた。

「特別養子縁組……」

私は……養子だったんだ。

父と母の実の子ではなかった。二歳の誕生日に、父と風子ちゃんのもとにもらわれてきた……。

そんなはずがないと否定しても、戸籍謄本に誤りがあるとは思えない。祈るように両手の指を組んでいることに気づき、一度深呼吸して体を弛緩させた。

腕を伸ばしバッグの中からスマホをたぐり寄せる。風子ちゃんからの不在着信が二件入っているのを見て、スマホを裏向きにした。

とても今風子ちゃんと話をする気になんてなれない。

部屋の中にいるのに白い息がうっすら見える。エアコンのリモコンを取りにいく気力もなく、膝を折り体を小さくした。

右手を広げ、それからギュッと握ってみる。

大丈夫。まだこの現実にかろうじて耐えられている。

もしも篤生に出会えていなかったら、もっと動揺していただろう。多少なりとも心構えがあったからまだよかった。

まさかそれがこんな事実だとは思いもよらなかったけれど。なにも知らないままだったら、やり場のない感情を風子ちゃんにぶつけていたかもしれない。

「大丈夫……」

今日何度目かの励ましの言葉をつぶやく。

学生の頃にこのことを知ったら、今よりももっとショックを受けていただろう。もう二十六歳になるんだし、こんなことで動揺してはいけない、と自分に言い聞かせる。

そうだよ。風子ちゃんはどんな親よりもたくさんの愛情を注いでくれているし、父だっていつも温かく見守ってくれていた。

たとえ本当の親子じゃなくとも、ふたりからもらった愛は本物だ。

ガチガチと歯が鳴っている。寒さからなのか恐怖からなのかも分からないまま着替えを済ませてベッドにもぐりこむ。

ギュッと瞼《まぶた》を閉じるとなぜか、五歳の誕生日にひとりで風子ちゃんを待つ自分が見えた。

そこにもう文ちゃんの姿はなかった。あの日の不安が時間を越えて襲ってくるようだ。

今夜はきっと、眠れない。

夏帆さんからランチに誘われたのは金曜日のことだった。

郵便物をだしにいった帰りに電話が来て、最近できたという会社近くのカフェに呼びだされた。

カフェの前には胡蝶蘭の鉢がいくつも並び、開店を祝っている。木製のドアを開けると、若い夫婦が揃いの帽子とエプロン姿で迎えてくれた。

にこやかな笑顔から目を逸らすと四人掛けのテーブルが並んでいる。シンプルなテーブルに木製の椅子。奥の席で手を挙げる夏帆さん。

ぜんぶが夢の中の出来事のように思える。

「急にごめんね」

席に着くと夏帆さんはそう言った。

「本日のランチはパスタみたい。ほかのメニューもあるみたいだけど」

「パスタで大丈夫です」

コートを脱いでいないことに気づいた。中腰で脱ぐと店主がハンガーにかけてくれた。

「じゃあ本日のランチをふたつ。食後はコーヒーを。陽葵ちゃんは？」

「あ……同じで」

店主はオーダーをくり返すと、爽やかな笑顔を残してキッチンに消えた。ほかに客の姿はなく、ＢＧＭの音がやけに響く。

なにか話をしようと思っても、この数日、そんな気力がない。

戸籍謄本を見て以来、養子だったことを受け入れたはずなのに、ずっとそのことばかりを考えてしまう。時間差で襲ってくるダメージが日に日に私を弱らせている。

「陽葵ちゃん、なにかあったの？」

「え……？」

「ここのところ体調が悪そうだから。リカちゃんも心配してたよ」

きっと本当に心配してくれているのだろう。分かっているのに、なぜか夏帆さんの目を見ることができない。

「大丈夫です。ちょっと寝不足なだけです」

「ひょっとして冴木さんのこと？」

「違います。今はオンライン会議でしか会いませんから」

これ以上言いたくないことを察してくれたらしく、夏帆さんは話題を変えた。

二十七日までのスケジュールのこと。忘年会のこと。相場さんとのこと。

言葉はどれも私の表面をなぞって滑り落ちていく。ちゃんと聞こうしても、うまく頭に入ってくれない。

無理やりパスタを胃に押しこみ、食後のコーヒーを飲んだ。

今、夏帆さんは相場さんとの結婚式について話している。式に春哉さんも出席してくれると、陽葵ちゃんも来てねと、うれしそうに、楽しそうに。

なんて幸せそうな笑顔なのだろう。私には二度とできない笑みがうらやましくて、それ以上に妬ましい。

……ダメ。悪い思考を断ち切るように、そっとため息を逃がした。

夏帆さんに八つ当たりしたってしょうがないのに、重い感情に侵食されている。

ふいに沈黙が訪れた。見ると、夏帆さんが目を伏せていた。

しっかりしなくちゃ。なにか話をしようと口を開きかけた時、意を決したように夏帆さんが顔を上げた。

「この数日、ずっとふさぎこんでいるよね？　皆も心配してるんだよ」

自覚はある。だけど、誰にも相談することができずにいた。

「社長に聞いたら、『余計なことを言ったかもしれない』って。……聞いたんだよね？」

「………………」

「風子さんが流産してたこと」

ささやくような声が耳に届いた。

「あ……うん」

続く言葉が頭にいくつも浮かぶ。

『すごく昔の話でしょう』『ほんと、社長は口が軽いよね』『驚いちゃった』

どれを選んでも、この場にはふさわしくないと思った。

社長は流産したことしか言っていない。多分夏帆さんも私が養子だということは知らないはずだから、怪しまれないようにしないと――。

「どこまで知ってるの？」

まっすぐに私を見つめたまま夏帆さんが尋ねた。

時間が止まったように思えた。それは、夏帆さんの瞳に悲しみが揺らいでいたから。

「……夏帆さんはどこまで知っているの？」

同じ質問を返すと、彼女は困ったように視線を逸らせた。

……私が養子であることを、夏帆さんは知ってるんだ。

私はその表情を見て確信した。

「夏帆さんはいつから私の生い立ちについて知っていたの？」

BGMが波が引くように遠ざかっていく。

予想外であろう質問に夏帆さんはうつむきながら「あの」と言ったきり黙ってしまった。

しばらく待ってもなにも言ってくれない。

自分から聞いてきたくせに意味が分からなかった。

「私が養子だってこと、知ってたんだよね？」

核心をつく質問に、彼女はひどく動揺した顔をした。

「あの……ね、社長が昔ね……」

何度も前髪を触りながら、夏帆さんはしどろもどろの言い訳を並べる。

「いや、でも私ももう忘れていたくらいで……」

鉛のような空気が息を吸うたびにお腹の中でどんどん膨らんでいく。

この数日私の様子がおかしい原因について、夏帆さんはとっくに知っていた。なにも知らないフリで『なにかあったの？』なんて白々しく聞いてきたんだ……。

「東京に来る前から、ううん、もっと昔から知ってたのに、かわいそうだから言えなかったんだね」

「ちが……」

「だから東京に来てからも風子ちゃんと連絡を取り合ってたんだ」

やっと分かった。

風子ちゃんと夏帆さんが揃って海外旅行に反対していたのは、パスポートを取得するために戸籍謄本が必要になるから。

もし私が取得してしまったら事実に気づいてしまうかもしれない。ひょっとして伯母さんも知っていたのかも……いや、知っていたのだろう。

「陽葵ちゃん、違うの」

涙を浮かべる夏帆さんをずるいと思った。

私のほうが泣きたいのに。私のほうが嘘をつかれていたのに。

「そっか……」

これだったんだ。ずっと皆から嘘をつかれていた。

養子だと教えてもらえなかったことが悔しいんじゃない。私だけが知らなかったことにこんなにも傷ついている。

そう考えると、父のやさしさや風子ちゃんの心配性も説明がつく。社長が私にだけ怒鳴らないのも、夏帆さんがやさしかったことも——。

すべてのことには理由があった。すべてのことが嘘だった。

席を立つ私の手を夏帆さんが強くつかんだ。

「お願い、聞いて。そうじゃないの」

篤生の言っていたことはこれだった。長い間、嘘の鎖が私に絡みついていたんだ。

だけど……まだ大丈夫。

「大丈夫です。ちょっと驚いただけですから」

やわらかく腕をほどき、意識して笑みを浮かべた。

拒絶を覚悟していたのだろう、夏帆さんは驚いた表情を浮かべたまま、手をぱたんとテーブルに落とした。

「でも少しショックが大きくて……。申し訳ないんですが、来週しばらくお休みをいただけますか？」

最後まで笑って言えた自分を褒めてあげたくなった。


その日の夜、歩道橋の上に篤生は当たり前のように立っていた。

もうすぐ夜の九時になろうとしている。

月曜日から一週間、有給休暇を使うことになったため、引継ぎに時間がかかってしまった。野田さんは休む理由についてひと言も尋ねてこなかった。

彼女なりのやさしさだと思う半面、彼女にもすべて知られているような恐怖も覚えた。

夏帆さんは何度も『話をしたい』と言ってくれたけれど、最後は逃げるように帰ってきてしまった。

「ひどい顔してる」

私の顔を見て篤生はそう言った。

「篤生が言ってたこと、当たってたよ。私、たくさんの嘘に囲まれて生きてたみたい」

「泣きたいの？」

「泣きたいけど泣かない」

キュッと唇を嚙む私に、篤生は「そう」と肩をすぼめた。

普通に対応してくれるのがありがたかった。そうじゃないと今にも崩れてしまいそうで。

「で、嘘ってなんだったの？」

手すりにもたれる篤生のうしろに三日月が浮かんでいる。頼りない光と、今にも折れそうな月は、私の心に似ている。

大丈夫、まだ大丈夫……。

「風子ちゃんが流産していたの。ひょっとしたら私に姉がいたのかもしれない。あと……私は養子なんだって。二歳の誕生日にもらわれてきたの」

「これからどうするの？　親にぶちまける？」

「そんなことしない」

「どうして？」

今日の篤生はやけに質問ばかりしてくる。心底疲れているからなにも話したくないと思う一方で、彼に会いたかったのも事実だった。

「ふたりとも、本当の子どものように育ててくれたの。むしろ普通以上にやさしくしてくれた」

ふん、と鼻から息を吐いたあと、篤生は首をかしげた。

「じゃあなんでそんなに怒ってるの？」

ふいに胸のあたりが熱くなり、なにかが込みあげてきた。涙かと思ったけれどそうじゃない。この感情は、篤生の言うとおり怒りだ。

「だって、私以外の人は皆知っていたから。嘘をつかれ続けてきたのに、平気な顔なんてできない」

なぜ風子ちゃんは、父は言ってくれなかったのだろう。言うタイミングなんていくらでもあったはずなのに、どうして嘘をつき続けているの？

手すりにもたれたままで篤生は腕を組んだ。

「平気な顔をしなくてもいい。だけど、両親が君を想う気持ちは本物だよ」

「そんなこと、分かってる」

分かってるから苦しいの。分かっているから悲しいの。

叫びたくなるほどの感情の代わりに口から白い息がぶわっとでた。

「口先だけの感謝をするより、心から理解しないと」

「篤生には分からないよ」

強い口調になる私を篤生は悲しそうに見てくる。同じだ、夏帆さんも野田さんもしていた目。

誰にも私の気持ちなんて分からない。

「親子の愛は、表層的な言葉じゃ語れないほど強くて深いんだ。ふたりとも同じくらい想っているんだよ」

「やめて！」

カッとなりつい叫んでしまった。けれど一度でた感情は、急には止まらない。

「必死で自分を保とうとしてるの。なにも知らないくせに分かったふうに言わないでよ！」

悔しくて涙がでそうになる。恥ずかしさに顔を伏せると、風の音が聞こえた。私を痛めつけるように強く吹いている。

「まだ、だよ」

その声に勇気をだして顔を上げた。涙で歪んだ世界では、篤生の顔もぼやけている。

「この冬、まだ君には試練が訪れる。どうか自分を見失わないで。陽葵が真実だと思っていることは、ぜんぶが真実じゃないんだ」

「……もう、いいよ」

限界だった。眩暈に襲われ、こめかみを両手で押さえた。

「お願いだから放っておいて。もう、行ってよ。私の前からいなくなってよ！」

ギュッと目を閉じる。現実から、悪い予感から。

これ以上なにか起きたとしたら耐えられない。冬は確実に私を死の運命へ導こうとしている。そんな気がした。

静かに目を開けると、もう篤生の姿はどこにもなかった。

ひどく頭が痛い。耳や手先が凍るほど冷たい空気をかきわけるように歩道橋を下りた。

一方通行の車道を歩いていると、以前事故に遭いそうになったことを思いだした。あの日に篤生に会わなければどうなっていたのだろう？

ここ数年、冬のたびに訪れる運命により、私はとっくにこの世から消えていたのかもしれない。でも、こんな苦しい思いをするくらいなら、運命に身を任せていたほうがよかった。

ああ、こんなことを考えるなんて重症だ。篤生はこの冬、別の試練が訪れると言っていたのに。

耐えられるのだろうか、今の私に。

「大丈夫……」

自分に言い聞かせるも白い息が頼りなく生まれ、夜に溶けていく。

マンションの建物が近づくと、嫌な予感がした。自動ドアの中に誰かが立っている。いつものトランクを従えてガラスに顔をくっつけているのは、風子ちゃんだ。

スマホは今日ずっと見ていない。夏帆さんとランチを終えてからずっとサイレントモードにしていた。

「陽葵ちゃん！」

風子ちゃんが荷物を手に駆けてくる。そうか、私が養子であることを知ったって、きっと夏帆さんから聞いたんだ……。心配になっていてもたってもいられずに上京してきたのだろう。

風子ちゃんの気持ちが手に取るように分かる。

「陽葵ちゃん、陽葵ちゃん」

何度も私を呼ぶこの人は、本当の母親じゃない。

けれど、心の底から私を愛してくれた人。私に嘘をついていた人——私のことをぜんぶは知らない、他人。

足を止め、濁っていく悪い思考を振り払った。

風子ちゃんはもう目に涙をいっぱい溜めていた。

「ごめんなさい。ちゃんと話をしていなくてごめんなさい」

ここで騒いでは迷惑になるだろう。

部屋に入っても風子ちゃんはコートを脱がず、ハンカチで涙を拭って謝り続けている。

「風子ちゃん、私は養子だったんだね」

ドアを開けるなりそう尋ねた私に、大粒の涙をこぼしながら風子ちゃんはゆっくりうなずいた。

もう前ほどのショックは感じなかった。

「社長には……伯父さんには風子ちゃんが話をしたの？」

「違うの。お父さんが紘一さんに相談をして……いつの間にか夏帆さんも知ってて……」

「じゃあ文ちゃんには？」

そう尋ねる私に、風子ちゃんは目に見えて動揺した。目線をせわしなくさまよわせながら、「ごめんなさい」と頭を垂れた。

やっぱり私以外の皆は知っていたことだったんだ。ひどく、みじめな気分だ。

文ちゃんが来なくなったのはアメリカに行ったのが理由だと思っていた。ひょっとしたら私が養子だと知り、興味を失って会うことをやめてしまったのかもしれない。

「明日、お父さんもここに来るの。陽葵ちゃんにきちんと話をしよう、って……」

今さら説明されたって、なんの意味があるのだろう。過去は変えられないし、ふたりに育ててもらったことも事実だから、私は感謝して受け入れるしかないじゃない。

でも、このモヤモヤした気持ちはどうなるの？

「風子ちゃん。ひとつだけ聞きたいことがあるの」

「うん、言って。もうちゃんと答えるから」

息がかかりそうなほど近くに顔を寄せる風子ちゃんに、意を決して尋ねる。

「もしも伯父さんの口が固かったら、私が養子であることを知らないままだったら……風子ちゃんは私に話すつもりだった？」

「それは……」

「いつかは話してくれたの？」

「………」

苦しそうにうつむいたのが答えの代わり。

風子ちゃんは死ぬまで私に話す気はなかった。きっと父も同じ考えだったのだろう。

「しばらく……ひとりになりたい」

「ダメ。それはダメよ……」

泣きたい時にそうやって先に涙を流すから、私は我慢するしかなくなる。明日三人で話をしても、きっと同じことが起きるだろう。

「ちゃんと受け止めるから。だから、お願い……ひとりになって考えたい」

嗚咽を漏らす風子ちゃんがまるで他人みたい。ううん、実際にそうなんだ。

「分かった」

悲痛な声になっていることに気づいたのだろう、

「月曜日は休みを取っているんだよね？　午後には来てもいい？」

風子ちゃんは無理やり元気な声を作った。

「うん。また帰らせることになってごめん」

「いいよ。そんなのぜんぜんいいの」

トランクを開けて風子ちゃんは一枚の手紙を取りだすと、いつものように手渡した。

「今読むと、違うと思う内容もあるかもしれないけど……」

「ありがとう。気をつけて帰ってね」

ドアが閉まるまで風子ちゃんは何度も謝っていた。私を傷つけたこと、本当のことを話せなかったことを。

嘘で作りあげられた親子関係なら、せめて『いつかは話すつもりだった』と嘘をついてほしかった。

どうして大事な嘘だけはつけないの？


私は熱海の家にいた。その日はすごく寒くて、親がいない時に石油ストーブを使うことは禁止されていたから、こたつにもぐりこんでマンガを読んでいた。

家の電話が鳴る。めんどくさいな、と思いながら腕を伸ばして子機を取った。

「もしもし、北織です」

電話の出方は風子ちゃんから教わっている。

『陽葵ちゃん』

「風子ちゃん？」

いつもより元気がない声に不安になる。この人は本物の風子ちゃんなのかな……。

世の中には怖い人がいっぱいいるって風子ちゃんは教えてくれた。

『そう、風子ちゃんだよ。寒くない？』

あ、やっぱり風子ちゃんだった。ホッとして子機を握る手から力を抜いた。

「平気だよ。風子ちゃん、もう帰ってくるよね？」

『ごめんね。急に仕事が入っちゃって遅くなると思うの……』

今日は父も出張でいない。

「大丈夫だよ。文ちゃんももうすぐ来るし」

窓から見える空は曇っていて、もう夜が来たみたいに暗い。

『ごめんなさい。文ちゃんも急に行けなくなったのよ』

「え、また転んだの？」

夏に来た時、文ちゃんは足を骨折していた。そのせいでうまく歩けないと嘆いていた。

『ううん。急用なんだって。あたしもなるべく早く帰るから待っててくれる？』

よほど急いでいるのだろう、風子ちゃんは早口でそう言った。

「平気だよ」

「ごめんね。本当にごめんね」

涙声の風子ちゃん。なにかあるとすぐに泣いてしまうけれど、今日はちっともさみしくなんかない。だってしばらくはひとりで好きにこの家で遊べるのだから。

ちょっぴり強がってそう思うことにして電話を切った。

冷蔵庫の中には誕生日会用に風子ちゃんが朝作っていた玉子サラダがボウルごと入っていた。さすがにこれを食べると怒られそうだから、一日ひとつまでの約束で買ってもらったチョコ菓子を取りだす。

テレビを見たりマンガの続きを読んでいて楽しかったのは最初だけ。時間が経つごとに不安が大きくなっていった。

家がやけに大きく感じる。風が真っ暗なガラスを叩く音がお化けの音に思える。

私は逃げるようにまたこたつにもぐりこんだ。

「早く帰ってきてよ……」

ひとりが楽しいなんてもう思わないから。お願いだから帰ってきて。

泣きながら何度もそう願った。

こたつの中が暑すぎて顔だけだすと、ひんやりした空気が頬に気持ちがいい。

不思議とさっきまであった不安な気持ちはもうなかった。部屋からお絵描き帳とクレヨンを持ってきて寝ころんだまま絵を描く。

父や風子ちゃんの絵はこれまでもたくさん書いている。

今日は文ちゃんの絵にしよう。きっと誕生日プレゼントを送ってくれるからそのお礼に送ろう。

なんていい考えなんだと、自分を褒めながらクレヨンを一本取りだした。


目を開けると、見慣れた天井がぼんやりと見えた。

部屋の中は寒く、掛け布団を鼻の下まで持ってくる。

「夢か……」

久しぶりに五歳の誕生日の夢を見てしまった。やけにリアルな夢だった。

あのあと、帰ってきた風子ちゃんは泣きながら何度も謝ってくれた。一昨日ここに来た時と同じだ。

そして眠気と戦いながら誕生日会をしたのは覚えている。風子ちゃんはよほど反省しているのか悲しい顔で、時折思いだしては泣いていた。そんな風子ちゃんを見ていたら、私までつられて泣いてしまったっけ。

記憶にある懐かしい思い出も、今では印象も変わってくる。篤生は、私が見えているのが真実じゃないと言っていたけれど、あの誕生日会についても同じことが言えるだろう。

親子じゃないふたりが泣きながら誕生日会をした。それが真実なのだから。

暗い気持ちを拭い去るようにベッドから起きると、また眩暈がじんわりと襲ってくる。

金曜日のランチ以来、ほとんど食べていないせいかもしれない。

ガウンを羽織り部屋をでると、キッチンはさらに寒い。やかんで湯を沸かしている間にスマホを開いた。

風子ちゃんからの不在着信が二件、夏帆さんからのメールが一件届いていた。メールには、年内は休んでも構わないことと、何回目かの謝罪が記してあった。

自分のことを嫌だな、と思う。

どうしたって養子であることが事実なのは変わらない。ちゃんと受け止めることもできた。べつに自分が実子じゃなかったとしてもこれからもなにも変わらないということも分かっている。

だけど、私以外の人が知っていたことがずっと引っかかっている。嘘の鎖が今もまだ体に巻きつき、解くことができない。

風子ちゃんが本当のことを言うつもりがなかったことも、いまだに尾を引いている。

やかんが騒ぎだしたので火を止めた。コーヒーを淹れようと思っていたのに、その気持ちも同時に消えた。

今日は日曜日。明日には風子ちゃんが父を連れてやってくる。

その時に私はなんて言えばいいのだろう。悲しい誕生日の思い出はもう作りたくなかった。

こたつの電源を入れ、まだ冷たいこたつ布団に足を突っこんだ。

机の上には風子ちゃんが置いていった手紙がそのまま置いてある。

「あれ……?」

いつもの封筒よりもひと周り大きい。表になにか小さな文字が記されている。

【悩み　24－27】

中にもう一組入った封筒はしっかり封がされているのに、こちらは糊づけがされていない。

なんだろう、この数字は?

よく分からないまま中に入っている封筒を取りだして便箋を開くと、荒れた文字が並んでいて正直すごく読みづらい。

きっと、夏帆さんから連絡を受け、急いで書いたのだろう。

なにかにつけて手紙を渡してくれる風子ちゃん。けれど、私はやっぱり直接の言葉がほしかった。

養子であることを風子ちゃんの口から聞かされていたなら私の気持ちもまた違ったかもしれない。

「会いたくないいな……」

どんな顔をしてふたりに会えばいいのか分からない。

まるで五歳の私がすねているみたいで恥ずかしくなる。寒さに震えながら、風子ちゃんからの手紙を読みはじめた。

陽葵へ

神様は乗り越えられる試練しか与えない。

この言葉を聞いたことがありますか？

お母さんも、人生を揺るがすほどの悩みに直面したことがあります。

その時に思ったのです。

あんな言葉はきれいごとに過ぎない、と。

悲しくて苦しくて、一歩も動けなくなった時、それを神様がくれた試練だなんてとても思えませんでした。

もしもあなたに試練が降りかかった時。

あなたに大切な人がいるのなら、その人と。

もしいなければ家族と、陽葵の痛みを共有してください。

あなたのことを思ってくれる人はきっといるはずだから。

無理して笑わなくていいし、元気ぶる必要もありません。

本当につらいなら逃げだすのもひとつの手段でしょう。

陽葵の心が平穏であることを願っています。

母より

「なにこれ……」

手紙を読み終えると同時に、さっきまでの寒さは感じなくなっていた。むしろ、怒りで体が暑いほどだ。

本文に書かれた『家族』の文字をじっと見つめる。

この状況で家族について語るなんてどうかしている。家族のことで悩んでいるのに、家族じゃなかった人になんて相談できるはずがない。

ひどくがっかりした気持ちがそのまま見あげた空に反映されたよう。曇天で今にも雪が降りそうだ。

こんな気持ちで明日、風子ちゃんに会うことはできない。ううん、ひょっとしたら今夜にも押しかけてきそうな気もするし。

逃げだすのもひとつの手段なんて言うなら、実際にそうしてみるのはどうだろう。

しばらく誰にも会わず、ひとりで考えたい。

でも、マンションの前で待たれるのも困るな……。心配性な風子ちゃんのことだから、『いなくなった！』と大騒ぎして警察に駆けこむ可能性もある。

電話で説明しても分かってもらえないだろう。

逡巡した結果、スマホを取りだし父にメッセージを送ることにした。

【しばらく考え事をしたいので旅行にでようと思います。温泉でのんびりしたり美味しいものを食べたり。

申し訳ないけど明日は来ないでください。

風子ちゃんにはお父さんからうまく説明してもらえるとうれしいです。

あと、電話は控えるようにも伝えてね。

落ち着いたら年始にでも顔をだします。】

送信ボタンを押したあと荷造りをした。スマホの電源は切ることにした。


月曜日も曇り空。

結局、旅先が決まらず昨日は都内のホテルに宿泊した。お得だったので連泊プランに申しこんでしまい、今夜も泊まる予定だ。

あまり物を考えられない頭で、目についたのは去年の忘年会の候補に挙がった墨田区のホテルだった。

奮発したため部屋は広く、さらに女性専用フロアだった。

だが全然眠れなかった。明日からの旅先をネットで検索しては、風子ちゃんからもらった手紙を思いだしモヤモヤすることの繰り返し。

やはりあの『家族』の文字に過敏に反応してしまっている。大切な手紙をあんな乱れた文字で書いていることも解せなかった。

考えるほどに風子ちゃんへの信頼は薄れていき、浅い眠りを何度も繰り返した。

今も目が覚めて、夢うつつの中ふと思ったことがある。

――私の本当の両親はどこでなにをしているのだろうか。

今の今までショックが大きすぎてそのことについて考えてもみなかった。

養子にだすくらいだから、よほどの事情があったのだろう。非嫡出子として生まれたとか、両親が揃って事故に遭ったとか……。予定外の妊娠だったけれど産まざるを得ない状況だった可能性もある。

「待って……」

風子ちゃんが流産したことが関係しているのかもしれない。

戸籍謄本を見る限り、雪子が生まれてこなかったことはたしかだ。子どものできなかった風子ちゃんに、子だくさんの夫婦が私を託した可能性もあるかもしれない。

どうすれば実の親を調べることができるのだろう。

一気に脳が覚醒し、慌ててスマホの電源を入れる。インターネットで検索してみたところ、養子縁組には普通養子縁組と特別養子縁組の二種類あることが分かった。

ベッドから起きあがり、窓辺にある椅子に腰を下ろした。

夜明け前の町にバイクが一台、流星のように走っていく。見えなくなるまで眺めてからスマホに視線を戻す。

表示されている、【特別養子縁組とは】の文字をタップした。

> 【特別養子縁組とは】
> 様々な事情で実の親と暮らすことができない子どものために、新たに養親との間に実の子として法律上の親子関係を成立させる制度です。
> 特別養子縁組を成立させるためには、普通養子縁組とは違い家庭裁判所の審判が必要となります。
> 特別養子縁組が成立すると、養子と実親との間に法律上の親子関係は消滅します。

「親子関係は消滅します」

最後に書いてある文章が衝撃的すぎて、いがらっぽい喉で思わず声にだして読んだ。

つまり、実親とは戸籍上は他人になっている。籍を抜いてしまうほど、実親にとって私は必要じゃなかったのだろうか。

胸をえぐられるような気がした。

さらにネットで検索すると、実の親を調べるには私の前の戸籍を取得すればいいことが分かった。そんな簡単なことで実親が判明するなんて意外だった。

誕生日に本当の親について調べるなんて、これもまた運命なのだろうか。

今さら調べてもどうしようもないことは分かっている。ただこのモヤモヤした気持ちをスッキリさせたいだけ。

とりあえず今はもうやれることはないので、

「大丈夫……」

そうつぶやいてまたベッドに横になる。けれど、眠りはいつまでも訪れてくれなかった。

熱海市に帰ってきたのは久しぶりだった。

結局眠れないままベッドの中でネット検索を続けて分かったのは、以前の戸籍を調べるには本籍——熱海市の市役所へ行くしかないということ。

急遽、この旅の行き先が熱海に決まった。

ホテルを早々にチェックアウトして新幹線に乗りこみ、八時過ぎには熱海駅に到着する。

駅前にある無料の足湯コーナーはすでにたくさんの観光客で賑わっていた。

バスターミナルで市役所行きのバスに無事乗りこむとホッとした。知人に会うのだけは避けたかったから。

空いている車内でうつむいているなんて、逃亡犯にでもなった気分だ。市役所前のバス停で降りると、ちょうど開庁したらしく自動ドアの前で待っていた人たちが呑みこまれていった。

月曜日は市役所が混むらしく、あとからあとから人が入ってくる。カウンター前にある待合室も満席状態だ。

寝不足でけだるい体。だけど頭は冴えわたっている。

新幹線の中でいろいろ考え、もし本当の親を知ったとしても、会いにいかないと心に決めた。ただ自分のルーツを知りたいだけだ。

改めて自分にそう言い聞かせていると、腕に『案内係』のワッペンをつけた女性が近づいてきた。

今の戸籍の前の戸籍謄本がほしい旨を伝えると、てきぱきと対応してくれる。

もらった書類に記入しながら、今頃職場は大変なことになっているだろう、と思った。

仕事納めまでにやることの最低限の引継ぎはしてきたものの、年末調整などの事務作業までは手が回らなかった。リカさんがいるから大丈夫だと思うけれど、皆が忙しい時期に自分の仕事を押しつけてきてしまった罪悪感が拭えない。

やがていくつも並んだ相談窓口のひとつに案内されると、中年の男性が椅子に座っており、言われるままに身分証明書を提示する。

男性は「少々お待ちください」と言うと席を立った。

すっと体温が下がり、鼓動が胸に響く。

いよいよ本当の親が分かるんだ……。

その人たちは今頃どこでどんなふうに生きているのだろうか。ネットの情報では住所までは分からないと書いてあったけれど、これだけSNSが発展している今なら、探しだすのは不可能ではないだろう。

探す？　今さら探していったいどうするつもりなの？

自分に問いかけても、思いつくままに行動しているので答えようがない。会いにいかないと決めたはずなのにもう心が揺らいでいる。

「大丈夫」と小さくまたつぶやいてから、姿勢を正した。

戻ってきた男性が、

「こちらがひとつ前の原戸籍となります」

と紙をさしだしている。が、その用紙には、なぜか私の名前の項目しかなかった。

戸惑っていると「すみません」と男性が言った。

「特別養子縁組の方は、一度除籍され単独戸籍になります」

「単独戸籍、ですか？」

「もともとの戸籍、つまり本当の両親の籍から抜け、ひとりだけの戸籍を作るんです。その後、現在の両親の籍に入ったことになるのです」

言われてみると戸籍謄本の中央の段に赤文字で【除籍】と記してあり、下段に同じ赤文字で【特別養子縁組】の文字がある。右に目をやると探していた項目があった。

その箇所を見て息を呑む。

【従前戸籍】　静岡県熱海市中央区　太田《おおた》文絵

――そこに書いてあるのは、文ちゃんの名前だった。

白い息が空にのぼるのをもうずっと眺めている。

江戸川沿いの河川敷はあまりにも寒く、頼りないコートが風にあおられている。遠くに見える市川《いちかわ》橋も凍えているように見える。

もう夕暮れというのに草野球をしている男の子たちが見える。あと少ししたら彼らの姿も影となり、闇に呑みこまれるだろう。

膝を抱えて体を小さくした。何年か前に夏帆さんからもらったマフラーはバッグの中にしまっている。

……あれからどれくらい経ったのだろう。

なにも考えられずそのまま新幹線に飛び乗り、結局前日に泊まったホテルに逆戻りした。

それからどうしたんだっけ……？　ああ、そうだ。行けるところまで延泊したけれど、二十四日に空きがないと言われ、今朝チェックアウトしたんだ。

今日はクリスマス・イヴ。きっと風子ちゃんが待っているだろうから自宅に戻りたくはない。近くのホテルも今日はどうせ満室だろうし、今夜は漫画喫茶にでも泊まって……。

その時、足音が聞こえたと思ったら、

「やっぱりここか」

と声が続いた。振り向かなくても誰が来たのかが分かる。

「篤生……」

当たり前のように隣に座ると、篤生は寒そうに体をすぼめた。

最後に会った時に冷たい態度を取ったことを謝る気力もない。なにかしゃべらなくちゃと思うほど、お腹の中にあるどろっとした感情が言葉を呑みこんでいく。

篤生はなにも言わず、自分の首から黒色のマフラーを取ると、私にかけてくれた。

「寒くないから……大丈夫だよ」

「『大丈夫』って言葉を多用する人ほど、本当は大丈夫じゃない」

「大丈夫だって。マフラーなら持ってるし」

また言ってしまった。夏帆さんのマフラーがあるのにつけないことへの罪悪感を覚える。

私がバッグの中からマフラーを取りだすと、篤生はそれを自分の首に巻いた。

「これでおあいこってことで」

彼はどうしてこんなにやさしくしてくれるのだろう。

「篤生には視えていたんだよね。この未来が」

この冬、もうひとつ試練があると言われていた。まさかこんなことだったなんて想像もしていなかった。

「ん」

と短くうなずいた篤生が私の頭にポンと手を載せた。

「君を縛っている鎖は、風子さんと本当の母親のものだった」

「……文ちゃんって言うの。風子ちゃんの従姉で、私にとっては従叔母《いとこ》さんで――」

言いながら気づいた。風子ちゃんの旧姓は太田だ。でも、従姉の文ちゃんが同じ苗字なのはどうして？　結婚しても苗字を変えなかったの？

ガチガチと歯が震えだす。寒さと怖さが一緒になって私を襲ってくる。

「まさか文ちゃんが本当のお母さんだなんて思っていなかった。二歳の時に裁判所が風子ちゃんを新しいお母さんに確定させて、五歳の時に文ちゃんはアメリカへ……。あの人が
――私を捨てたんだ」

文ちゃんが本当の母親だったことに絶望しているんじゃない。

私を捨てたくせに、従叔母だとして会っていたことが許せないのだ。その嘘に協力した

風子ちゃんのことも、父のことも同じように許せない。

「前にも言ったよね。陽葵が真実だと思っていることは、ぜんぶが真実じゃないんだよ」

篤生が載せていた手を離すと、急に寒さが増した気がした。

「市役所で教えてもらったの。特別養子縁組をするには、一定期間風子ちゃんと暮らさなくちゃいけなかったんだって。だから、風子ちゃんは私の前で親のフリをして私を育て、実の母親の文ちゃんは従叔母だと嘘をついて会いにきていた。で、裁判所が認めてくれたから、文ちゃんは徐々にフェードアウトしたんだよ」

自分が信じていたものがぜんぶ嘘だった。

養子だったことが悲しいのではなく、皆が嘘をついていたことが悲しくてたまらない。まさか文ちゃんにまで嘘をつかれていたなんて。そして大好きだった文ちゃんに捨てられたなんて……。

市役所でもらった戸籍謄本は、あの場で捨ててしまった。

文ちゃんの名前を見た時の絶望感は誰にも分からない。分かってもらおうとも思わない。さらに風子ちゃんは私に話すつもりはなかったと言っていた。誰もが『陽葵のために』を合言葉にこれまで嘘をついてきた。

「もうなにも信じられないよ」

誕生日会もクリスマス会も、毎日のように来る電話も手紙も、なにもかもが嘘の世界で起きていたこと。

愛情だと思っていたものの基盤が、ガラスのように砕け散り私を傷つける。

「あのさ」と、篤生が私の顔を覗きこんだ。

「まさか死のうなんて思ってないよね」

誰も信じられない。篤生だってひょっとしたら風子ちゃんに頼まれてここにいるのかもしれない。頭がうまく働かない。

――だったら私も平気な顔で嘘をつこう。

「死のうなんて思うわけないでしょ」

「本当に？」

「本当だよ。でもまだ誰にも会いたくないから今日は漫画喫茶にでも泊まるつもり。気持ちが落ち着いたら帰るよ」

それでも疑い深く私を観察したあと、篤生は前を向いた。

「冬になるたびに君は試練を乗り越えてきた。今年が最後なんだ」

「分かってる。これで無罪放免ってことだね」

「鎖の色を変えてほしい。誰のためでもなく、君自身のために」

これ以上話をしたくなくて「うん」と明るくうなずいてから立ちあがった。

「大丈夫だよ。今はまだ苦しいけれど、ちゃんと元気になってみせるから」

トランクを手にする私を見て、篤生も腰を上げた。

「ひょっとしたらこれで僕と会うのは最後になるかもしれない。何年もの間、怖いことばかり言ってごめん」

「お別れみたいなことを言わないでよ。いつもこのあたりで会うってことは同じ町に住んでるんでしょ。だったら絶対に会えるよ」

笑みを作る自分をどこか遠くから眺めているみたい。心と体が別物になったような感覚。心が死ぬというのは、こういうことだったんだ……。

「でも、一応さよならを言っとくよ。これまでありがとう」

差しだされた手を、わざと力を込めて握った。

「痛いんだけど」

驚く篤生にまた私は嘘の笑顔を作る。

「じゃあ、またね」

トランクを引き、堤防沿いの道を進む。しばらくして振り返ると篤生はもうおらず、遠くの空には星が光っていた。

もう篤生に会うことはないだろう。

風子ちゃんにも、父にも。

心が死んだ人は体の死を選ぶ。篤生が前に言っていたことは本当なんだね。

死にたくはないけれど、嘘だらけの世界で生きていく勇気なんて残っていない。

市川橋に着く頃には雪が降りはじめていた。

双子のように架けられたふたつの橋それぞれに、二車線の道路と歩道がくっついている。手すりに手を置いて歩くと、やがて川音が耳に届いた。

車のエンジン音と風の音が混ざり合い、耳にうるさい。

雪は激しさを増し、車のライトをぼやけさせている。

『まさか死のうなんて思ってないよね』

篤生の言葉が耳の奥で響く。

これまで自殺なんて考えたことはなかった。遺書も残さず衝動的に死を選んだ人のニュースを見るたびに、疑問が湧いた。

でも今なら分かる。追いつめられた人は、死を選ぶしかないんだ。そうすることでしか自分が救われないと本気で思うのだ、と。

江戸川の中央付近で足を止め、橋の下を覗きこむ。思ったより高さがないけれど、冷たい水に飛びこめば、カナヅチの私ならきっと大丈夫。確実に命の炎を消せるだろう。

「あ……」

篤生のマフラーを借りたままだったことに気づいた。夏帆さんのマフラーも篤生がつけていってしまった。

もし、私が死んで、これをつけたままで発見されたら篤生に迷惑がかかってしまう。

乱暴に解き、マフラーを橋の外にだらんと垂らした。風にあおられるまま手を離せば、ヒラヒラと舞いながら暗い川へ消えていく。水しぶきの音も聞こえない。

あんなふうに私も消えられるなら……。

誰かに怪しまれないように景色を眺めているようにして手すりに両手をかけた。

その時だった。

「陽葵っ！」

風子ちゃんの声が聞こえた気がした。

見ると、薄暗い歩道に足音を響かせて走ってくる人が見えた。あの丸いシルエットは間違いない、風子ちゃんだ。

必死でなにか叫んでいる。きっとまた泣いている。

おせっかいでにぎやかで、いつも笑っていて、それ以上に泣いていて……。感情の赴くままに生きているはずの風子ちゃんが嘘をつき続けたのはきっと私を守るためだった。

突如、風子ちゃんを許す気持ちが生まれた。それはきっと、死ぬことへの迷いがなくなったからだろう。

どんなに走ったとしても、私がここから飛び降りるほうが早い。風子ちゃんの足では追いつけない。目の前でいなくなるのは心苦しいけれど、もう行かなくちゃ。

両手に力を入れ、上半身を手すりの上にだす。つんざくような悲鳴と足音。

さようなら、風子ちゃん。

「私は大丈夫だよ」

そう言って身を投げようと思ったその瞬間、

「『大丈夫』って言葉を多用する人ほど、大丈夫じゃないんだ」

腕をつかまれると同時に、すぐそばで声がして今度は私が悲鳴を上げた。

いつの間に来たのか、篤生が左側に立っていた。

「え……なんで？」

「隣の橋を渡りきって、向こう側から来たんだ」

不機嫌そうな顔でそう言うと、篤生は腕を組んだ。

「そうじゃなくて……なんで死ぬって分かったの？」

「ああ」と篤生はさみしそうに目を伏せた。

「さっき握手をした時に、鎖の色が変わってなかったから」

いつもそうだ。私の知らないことを皆が知っている。

「僕には止めることはできない。でも、君に生きててほしいと思っている。せっかくこの三年間乗り越えてきたじゃないか」

そう言った篤生の目が潤んでいるように見えるのは、きっと冷たい空気のせい。

「だけど、だけど……もう楽になりたいの。こんな苦しいことばかり、耐えられないよ！」

なんで皆、邪魔ばかりするの。どうして私にばかり不幸が訪れるの!?

「陽葵は僕を変えてくれた。暗闇に光をもたらしてくれたんだ。同じように僕も君を救いたいんだよ」

こんな必死な篤生は見たことがなかった。

だけど、だけど……！

「ごめん。私……行かなきゃ」

もう一度体を手すりに乗せた次の瞬間、私の体は強い勢いで跳ね飛ばされていた。

アスファルトに叩きつけられたのと同時にすごい重さを感じた。

「陽葵！」

風子ちゃんが体の上に乗っている。あまりの重さに息ができない。

「ごめんね、陽葵。ごめんなさい、ごめんなさい！」

大声で泣き叫ぶ風子ちゃんの向こうに空に向かって伸びる橋の鉄枠が見えた。無数の白い雪が、髪に、顔に、悲しみに降り注いでいる。

「このままじゃ死因が圧死になる」

風子ちゃんの首根っこをつかんで篤生がずらしてくれたおかげでようやく呼吸ができた。

風子ちゃんはされるがまま、アスファルトに顔をこすりつけて泣きじゃくっている。

「痛い……」

が、そうつぶやく私にハッと顔を上げると、風子ちゃんは這いつくばるように近づいてきた。

次の瞬間、力いっぱい私の頬を叩いた。乾いた音が残響を残して消える。

「なんでこんなことをするの！」

両目から涙をあふれさせながら、風子ちゃんは怒鳴った。

「なんで、って――」

「絶対にダメなの！　大切な命を捨てるなんて、絶対にダメ……なんだからっ……！」

涙に負けながら必死で叫ぶ風子ちゃんに、胸の奥がズキンと痛んだ。

でも……私は捨てられたんだよ。風子ちゃんだって、嘘をついてきたじゃない。

言いたいことはたくさんあるのに頬の痛みがどんどん強くなっている。

風子ちゃんに叩かれたことなんてこれまでなかったから、ショックというよりも驚きのほうが強い。

「ああ！」

突然風子ちゃんが大声をだしたかと思うと、なぜか今度は自分で自分の頬を思いっきり叩いた。

「ごめんなさい。陽葵ちゃんを叩くなんて！」

そう言いながら何度も頬を叩くので、私と篤生ふたりがかりで止める。

気づくと橋の上には人が大勢集まっていた。皆は口々に「大丈夫か？」「どうしたんだ？」などと言っている。

私たちは謝りつつなんとかその場をあとにした。

私の部屋の前までふたりは無言でついてきた。

さっきの衝動的な死にたいという気持ちは収まっている気はする。だけど、ひとりになると自分でもどうなるか分からないほど、情緒不安定だ。

風子ちゃんへの怒りは、死ぬことを止められたことで静かに再燃している。死にたい気持ちが消えたわけでもない。

「風子さん」

篤生が風子ちゃんに声をかけた。

「このままでは陽葵はまた死ぬ」

「ダメ！　それはダメよ！」

勢いよく振り向いた風子ちゃんの体が当たり、カギが指先からこぼれ落ちた。

「あ……ごめんなさい」

「だったらちゃんと話をしなくちゃ。すべてを白日の下にさらす時が来たんだよ」

厳しい言葉のあと、篤生は今度は私に目線を合わせた。

「真実を知るのは怖い。だけど逃げないで立ち向かってほしい」

「……でも」

反論しようとする私を、篤生は首を振って制した。

「風子さんから真実をぜんぶ聞いて、それでも死にたいならもう止めないから」

そう言うと篤生は背を向けて歩いていく。

「え、帰るの？」

「ふたりでゆっくり話すといい。ああ、今度会うことがあったならマフラーを返すこと」

マフラーを川に投げ捨てたことを言えないまま、篤生はエレベーターに乗って帰っていった。

部屋に入った私たちは、交代でシャワーを浴びて暖まったあと、こたつにもぐりこんだ。

「ごめんなさい」

さっきから風子ちゃんはずっと謝り続けている。マグカップに淹れたコーヒーの湯気が消えるほど。

私は聞こえないフリで沈黙を守っている。

窓の外で降る雪の音さえ聞こえそうなほどの静寂が痛い。

篤生は自分の人生は自分で変えろと言っていた。

大きく息を吐いてから、私は「風子ちゃん」と呼びかけた。

ビクッと体を揺らした風子ちゃん。けれど視線はこたつに落ちたまま。

「どうしてあそこに私がいるって分かったの？」

「それは、あの……」

「篤生に聞いたの？」

こくりとうなずいた風子ちゃんが、ぐるりと部屋を見渡した。

「ここでずっと陽葵ちゃんの帰りを待っていたの。どこに行ったか分からないから、お父さんはもし帰ってきた場合にいてあげないとって家で待ってて。私は昼間はこのアパートの近くを捜して、夜も……」

ぽつりぽつりと風子ちゃんは話しはじめた。

「今日の昼間、駅の近くの歩道橋で急に話しかけられたの。陽葵ちゃんの友だちだって自己紹介したあと、あの人、『今夜、陽葵は死にます』って言ったのよ」

「ああ……」

思わず苦笑いする。篤生なら言いそうだ。

「あたしびっくりしちゃって……。そしたら彼、続けてこう言ったの。『助けたいなら、夕方、江戸川駅の前に立っててください』って。ぽかんとしている間にいなくなっちゃった」

「じゃあ、さっき橋に来たのは篤生が呼びにきたってこと？」

「四時くらいから駅の前で待ってたの。不安だったけれど、不思議と篤生くんが言っていることは本当のことだって信じられた」

コーヒーを淹れ直している間も風子ちゃんは話し続けた。

「ようやく現れた篤生くんは、『市川橋に急いで。早くしないと死んでしまう』って言ったかと思うとどこかへ走っていっちゃったの。市川橋がどこか分からなかったから、とにかく篤生くんのあとを追ったんだけど見失っちゃって……」

風子ちゃんの唇が細かく震えている。よほど怖かったのだろう。

「橋に立っている人影が見えた瞬間、陽葵ちゃんだって分かった。もう、怖くて怖くて。だけど、絶対に死なせないって思ったの」

コーヒーを受け取った風子ちゃんが、「ごめんなさい」と、今日何度目かの謝罪を口にした。

「陽葵ちゃんは戸籍上私たちの子どもよ。だけど、本当の、産みの母親は違うの。文ちゃん……文絵から特別養子縁組をしてもらったの」

知ってるよ。だからこんなに悲しいんだよ。

なにも答えない私に、風子ちゃんが「でも」と声に力を入れた。

「私たちはあなたを本当の子どもだと思って育ててきた。今だって心からそう思ってる。だから過去を知り悲しませることだけはしたくなかった」

「……うん。それは分かってるよ。でもいつかは分かることでしょう？　なんで私が尋ねた時に文ちゃんのこと話してくれなかったの？」

戸籍謄本を見る機会だってパスポート取得時以外にもあるだろう。でも、真実を知った私にも風子ちゃんは詳しく話をしてくれなかった。それはなぜなの……？

「ちゃんと話をするべきだった。でも、できなかったの……」

「文ちゃん夫妻は今もアメリカにいるの？」

諦めたように風子ちゃんは首を横に振った。

それも嘘だったんだ。

ひとつの嘘が明るみにでたせいで、これまで信じていたことがボロボロとはがれていく。

ふいに空気が変わるのを感じた。目の前で、見たこともないくらい風子ちゃんが苦しげに顔を歪めている。

「あのね……」と風子ちゃんが口にした時、先日市役所で発行してもらった戸籍謄本を思いだす。

そうだ……。あの用紙には母親の欄しか書いていなかった。ひょっとしたら未婚の母として出産した可能性だってある。だけど、悪い予感が頭から離れてくれない。

「本当のお父さんは……もう亡くなっているの？」

今、風子ちゃんが静かにうなずいた。

「章《あきら》さんは、あなたが生まれる二か月前に亡くなったの」

初めて聞いた父親の名前に、知らずに胸を押さえていた。

「……亡くなってるんだ」

「あの頃は私が流産をした直後だった。もう子供は難しいってお医者さんから言われてね……。そんな中、章さんが亡くなってしまった」

「え……」

そんなことが同時期に起きていたなんて、想像もしていなかった。過去を見るように風子ちゃんはぼんやりと視線を宙に向けた。

「人生でこんなに悲しい出来事が起きるなんて信じられなかった。文ちゃんとふたりして泣いて泣いて泣いたのよ」

　ああ、そうか……。ひとりで私を育てる自信がなくなり、文ちゃんは私を託したんだ。私を捨ててアメリカに行ってしまったんだ。

「違うの」

　私の考えていることが分かったのだろう、風子ちゃんが身を乗りだした。

「文ちゃんはあなたを全力で愛していた。愛していたからこそ会えなかったの」

　そんなことを言われても捨てられた事実は変わらない。

「陽葵」

　思わず風子ちゃんの顔を見る。

　風子ちゃんは私を呼び捨てで呼んだ。さっき橋の上で私を叩いた時もそうだった。

「ごめんなさい。あなたに謝らなくちゃいけないことがあるの」

　風子ちゃんが私の隣にトランクを置くのが見えた。中を開くとそこにはたくさんの手紙。

「これまであなたに送った手紙はあたしが書いたものじゃないの。文絵が書いてくれたのよ」

「え……」

　風子ちゃんは言い終えると、何枚かの手紙を私に無理やり渡してきた。そこには最後にもらった手紙と同じように、表面によく分からない数字と言葉が記載してあった。

【友だちとケンカをした時　8―15】

【門限を破った時　13―15】

【高校入試に失敗した時　15】

【骨折をした時　15―20】

【結婚が決まった時　20―∞】

【出産をした時　20―∞】

「あたしは中の手紙になにが書いてあるのかは知らないの。ただ、ここに書いてあることが陽葵ちゃんの身に起きた時に渡すように頼まれたのよ」

「この数字は、もしかして私の年齢を表しているの？」

「そう。あなたの悩みと、該当する年齢に合った手紙を選ぶように言われていたの」

トランクに目を向けると、山のように手紙が折り重なっている。

「文絵はあなたの助けになりたくて、たくさんの手紙を書いて私に託したの。どの手紙にもあなたへの愛が詰まっている」

だから手紙の内容と風子ちゃんの言動が一致しないことがあったんだ。

言われてみたら、たしかに手紙の中の風子ちゃんと実際の風子ちゃんとは人格が違った。

まさか文ちゃんからの手紙だったなんて。

「アメリカから届いたの？　今も文ちゃんはアメリカにいるの？」

すがるように尋ねる私に、風子ちゃんは無言で私の手に一枚の封筒を握らせる。

そこには【最後の手紙】とだけ書いてあった。

ハッと顔を上げると、風子ちゃんは涙を堪えながらうなずいた。

「これを読んで」

封を破るように開けると、中から黄色の封筒が顔をだした。

震える手で淡い水色の便箋を取りだす。

そこには、今までいちばん乱れた文字が並んでいた。

陽葵へ

この手紙を読んでいるということは、本当のことを知ったということですね。

今日は真実を知ってもらいたくて手紙を書いています。

お母さんの名前は、太田文絵と言います。

そしてお父さんの名前は、太田章。

名前の頭文字を続けて読むと『文章』になる、名前まで相性のいい夫婦でした。

結婚して東京の江戸川区に新居を構え、幸せな毎日を過ごしていました。

妊娠が分かった時は、ふたりで大喜びしたものです。

けれど人生とは残酷なもので、あなたが生まれる二か月前の夜、章さんは事故に遭い、帰らぬ人となってしまいました。

悲しみに暮れている中、私は熱海に戻りました。

そして、あなたが生まれたのです。

あなたの産声を今でも覚えています。

絶望という暗闇に光を与えてもらった気がしました。

ひとりでも、この先なにがあってもあなたを育てていくという決意も一緒に生まれた気がしました。


風子ちゃんが流産したのもお父さんが亡くなったのと同じ時期です。

彼女は生まれてくるのが女の子だと分かると同時に名前まで決めるほど、誕生を楽しみにしていました。

風子ちゃんが赤ちゃんにつけていた名前――『雪子』をあなたにつけようとも考えたのですが、太陽のように温かい人になってほしいという気持ちで『陽葵』と名づけることにしました。

真守さんと風子ちゃん夫妻の手伝いもあり、あなたは元気に育っていきました。

けれど、あなたの一歳の誕生日に、私の病気が見つかったのです。

治療法のない難病でした。手や足、喉などの筋肉がだんだんと衰えていく病気です。人によって差があるそうですが、私の場合、この数年で驚くほど進行しています。日々筋力が落ちていることを感じます。

今書いているこの文字も震えているでしょう？　読みにくくてごめんなさい。


あなたが一歳の時、余命宣告をされ、目の前が真っ暗になりましたが、あの日生まれた決意は揺らぎませんでした。

でも、現実的には筋力が低下し、自分の身辺のことをやるのさえままならなくなる日々。

それでこれ以上悪化する前に、子どものいなかった真守さんと風子ちゃんに頭を下げ、陽葵を託すことにしました。

特別養子縁組をすれば戸籍ごと風子ちゃんたちが本当の親として認められるからです。

両親がいないことであなたを悲しませたくなかった。


私と風子ちゃんの関係をあなたには従姉だと言いましたが、本当は違います。

風子ちゃんは私の姉です。

昔は私のほうが気が強く、風子ちゃんはどちらかというと大人しい性格でした。

あなたを託す時も最初は「そんなこと言わないで」と泣いてばかりでした。

けれど、今では「陽葵のために変わる」と約束してくれています。

裁判は大変でしたが、たくさんのやさしい人たちのおかげで、ちょうどあなたが二歳の誕生日を迎えた日に特別養子縁組が認められました。


私は残された日を使い、あなたに手紙を書くことにしました。

未来のあなたはどんな人生を送っているのだろう。

学校で困ったことはないかな。ケンカした時にアドバイスを送れないかな。

陽葵、そして風子ちゃんの助けになることを願って書いています。

陽葵に渡すかどうかは風子ちゃんにお任せしています。

的外れな内容があったらごめんなさい。


それから私は、従叔母の文ちゃんとしてあなたに会うことにしました。

本当の母親だと名乗れたなら、と会うたびに何度も抑えがたい感情と戦いました。

でも、あなたの幸せを考えると、どうしても言えませんでした。

あなたは私に懐いてくれ、「文ちゃん」と愛くるしい声で呼んでくれます。

いつまでもそばにいたいけれど、私の体はもう少しで動かなくなりそうです。

手足の感覚が弱くなり、あなたの前でも何度も転んでしまったよね。

そのたびに『文ちゃん大丈夫?』と小さなお手てを差し伸べて心配してくれたこと、忘れません。

今年の幼稚園の運動会は、車いすに乗ってこっそり見にいったんですよ。五十メートル走でゴールテープを切るあなたが誇らしくて、こっそり泣いてしまいました。夏は熱海の花火大会に行きましたね。離れた場所からだったけれど、風子ちゃんと肩を寄せ合っているあなたのことはすぐに見つけられました。花火が空で光るたびに、あなたの横顔がキラキラ輝いていました。

この手紙を読んでいるあなたはいくつになっているのでしょう。私の手紙はあなたがおばあちゃんになる日までの分を用意しているんですよ。ちょっと張りきりすぎたみたいです。


手紙を読んだあなたは、きっと動揺しているでしょうね。

でもね、陽葵。

風子ちゃんはあなたの近くでいつも見守ってくれていたでしょう？

あなたの本当のお母さんは、私ではなく風子ちゃんです。

風子ちゃんと私の最後の約束は、「なにがあってもあなたに私が本当の母親であると言わないこと」でした。

けれどこの手紙を読んでいるということは、すべてが明るみになったということですね。

あなたの本当の母親は風子ちゃんだから。

そう思ってもらいたくてついた嘘でした。

どうか風子ちゃんを責めないでください。


私はもうすぐこの世を去るでしょう。

呼吸がしづらくなっているのが自分でも分かります。

もうすぐ文字も書けなくなるみたい。

やがて眼だけしか動かなくなると聞きました。

延命措置はしないことに決めました。

きっと風子ちゃんは泣いて怒ると思います。

だけど怖くはありません。

あなたが元気で笑っている姿は、目を閉じればいつでも思いだせるから。


この手紙があなたに贈る最後の手紙です。

ここから先は、あなたがあなた自身の手で未来をつかんで歩んでください。

支えてくれた人を支えられる人になってほしい。

私はもうそばにいられないけれど、いつもいつも、あなたを見守っています。

大切な陽葵へ
もうひとりの母より

エピローグ

久しぶりに会った篤生は、私が渡したマフラーを見て驚いていた。

「え、似たやつじゃなくて僕の……？」

「風子ちゃんと一緒に江戸川まで探しにいったの」

目を丸くする篤生の向こうで、市川橋が雪に凍えている。

「大変だったんだよ。風子ちゃんが船を手配して、長い棒を持って底をかき回しながら進んだの。だけど見つからなくって。諦めようって何度も言ったけど、ほんとがんこでね」

あの日のことを思いだすと今でも笑ってしまう。結局、ずいぶん下流の岩肌に引っかかっているところを風子ちゃんが発見したのだ。

「岩で破れたところを風子ちゃんが縫い直しちゃったけど……」

「いいよ。すごくうれしい」

穏やかな顔でほほ笑む篤生が、ふと空を見あげた。

空から静かに雪が舞い降りる。明日からは三月。この冬最後の雪かもしれない。

市川橋の手すりにもたれると、篤生は「で？」とひと言で質問をしてきた。

「文ちゃんは、私の五歳の誕生日に亡くなったんだって。あの日、病院に呼ばれたり葬儀の手配をしていたから、風子ちゃんの帰りが遅かったみたい。どうしても私にだけは知られたくなかったって……」

私の中にある、あの日、文ちゃんと一緒に風子ちゃんの帰りを待っていた記憶。ひょっとしたら、文ちゃんが心配してそばにいてくれたのかもしれない。ううん、きっとそうだったんだ。

「篤生が言うように、自分が真実だと思っていたことが違うってこともあるんだね」

私はしんみりとつぶやく。

「だから言ったろ」

篤生は自慢げに胸を反らせている。

誕生日のたびに風子ちゃんが悲しそうに見えたのも、私の誕生日をいつも頑なに一緒に祝おうとしていたのも、亡くなった文ちゃんを思いだしていたから。文ちゃんも一緒に祝っているような気がしていたから、だったんだ。

私には風子ちゃんと文ちゃん、ふたりの母がいて、その親たちの愛はこれまでもこれからも続いていく。

悩むことがあってもきっと平気。猪突猛進な風子ちゃんと、文ちゃんの手紙が励ましてくれる。

篤生が手をさしだしたので、迷うことなく握った。

「おめでとう。君は運命を変えることができた。君につながっている鎖はもう春色になっているよ」

穏やかな目でそう言う篤生に、私も自然に笑顔になっていた。

「ぜんぶ篤生のおかげだよ」

うれしさと同時に、篤生にもう会えない気がした。

私の不安を払拭するように篤生がやさしくほほ笑んだ。

「長い間、冬に閉じこめられていると思ってた。陽葵に会って、少しだけ光が見えた気がするよ」

誰もが瞳の奥にさみしさや悲しみを抱えている。

――支えてくれた人を支えられる人になってほしい。

母からの最後の手紙を思いだす。

自分を救ってくれた人を少しでも癒せる自分になりたい。本気でそう思った。

「今度は篤生の長い冬を私が終わらせる。この冬が終わってもいなくならないで」

篤生の心の鎖が私にも視えたらいいのに。

握った手に力を入れると、篤生は迷うように目を伏せた。

「ほかの季節をちゃんと生きられるのかな」

「生きられるよ。春も夏も秋も、次の冬だって私がそばにいるから」

思わず言ってしまったあと、バッと手を離した。

「ち、違くて……ただ、冬の友だちとしてそばにいるってことだから」

そう、私たちは冬の友だち。今度は私が彼の運命を変える番だ。

「具体的にはなにをしてくれるの？」

首をかしげる篤生に、いいアイデアが浮かんだ。

「じゃあ、とりあえず連絡先を交換しよう。四年も友だちでいるのに偶然会うだけなのはおかしいから」

「陽葵って案外、強引な性格なんだね」

そう言いながらも篤生の表情は穏やかだ。

「私、親に似て猪突猛進なところがあるの」

「うへえ」

ヘンな声をだしたあと、篤生はおかしそうに笑った。

私も声にだして笑う。

みぞれ混じりに降り続く雪。長い冬が終わりを告げようとしていた。

終幕

遠い昔の話をしよう。

僕はある人の運命を変えるため、自分の持つ力をすべて使ったことがある。
彼女は運命に打ち勝つことができた。
もう二度と会えないけれど、彼女が幸せならそれでいいと思っていた。
けれど、孤独は果てしなく暗くて寒い。
いつしか僕は暗闇に閉じこめられていたんだ。

そんな僕が君を見つけた。
もう誰も救いたくないと思っていたのに、気がつけば君を救うことだけを考えていた。
今度は、君が僕の冬を終わらせると言ってくれている。
いつか君に伝えよう。
とっくに君は、僕を救っていたんだよ、と。

君がくれた光が、この先の道を照らしている。
その先に穏やかな日差しが降り注いでいることを、僕はもう知っているから。

本書は書き下ろしです。

この冬《ふゆ》、いなくなる君《きみ》へ
長《なが》い嘘《うそ》が終《お》わる日《ひ》に

いぬじゅん

2024年2月5日初版発行

発行者……千葉 均
発行所……株式会社ポプラ社
〒102-8519 東京都千代田区麹町4-2-6

フォーマットデザイン 荻窪裕司(design clopper)
組版・校閲 株式会社鷗来堂
印刷・製本 中央精版印刷株式会社

落丁・乱丁本はお取り替えいたします。
ホームページ(www.poplar.co.jp)のお問い合わせ一覧よりご連絡ください。
本書のコピー、スキャン、デジタル化等の無断複製は著作権法上での例外を除き禁じられています。本書を代行業者等の第三者に依頼してスキャンやデジタル化することはたとえ個人や家庭内での利用であっても著作権法上認められておりません。

ポプラ文庫ピュアフル

みなさまからの感想をお待ちしております

本の感想やご意見を
ぜひお寄せください。
いただいた感想は著者に
お伝えいたします。

ご協力いただいた方には、ポプラ社からの新刊や
イベント情報など、最新情報のご案内をお送りします。

ホームページ www.poplar.co.jp
©Inujun 2024 Printed in Japan
N.D.C.913/346p/15cm
ISBN978-4-591-18055-6
P8111370

ポプラ文庫ピュアフルの好評既刊

装画：Tamaki

シリーズ累計28万部突破!!
一気読み必至！　著者渾身の傑作。

いぬじゅん
『この冬、いなくなる君へ』

文具会社で働く24歳の井久田菜摘は仕事もプライベートも充実せず、無気力になっていた。ある夜、ひとり会社で残業をしていると火事に巻き込まれ、意識を失ってしまう。はっと気づくと、篤生と名乗る謎の男が立っており、「この冬、君は死ぬ」と告げられて……？　ラストのどんでん返しに衝撃と驚愕が待ち受ける、究極の感動作！　著者・いぬじゅんの累計20万部突破の大人気「冬」シリーズ、1作目。

いぬじゅんの「冬」シリーズ第2弾！　驚愕のラストに涙……！

いぬじゅん『あの冬、なくした恋を探して』

装画：tamaki

高校時代、最愛の恋人と衝撃的な悲劇により別れて以来10年、仕事一筋で生きてきた玲菜。ある日、親友に無理やりつれていかれた婚活パーティーで、玲菜は容姿端麗な青年・ハルと出会う。しかし突然「君は性格がブスだ」と言われてしまう。ショックを受ける玲菜に、「君の性格を僕が変えてあげる」と言い放つハル。そして玲菜に手渡したのは、なぜかクロネコのぬいぐるみだった……。全ての読者が感動に包まれる至極の純愛物語。

いぬじゅんの「冬」シリーズ
第3弾！　読後、作品が色を変える！

いぬじゅん
『その冬、君を許すために』

装画：tamaki

「物書き人」として詩や、ブログで日記を書いている冬野咲良はある日、誰かに追われている気がして、カフェのテラス席にいる男性に声をかけた。そこにいたのはプログラマーとして働く鈴木春哉。ふたりは〝運命の出会い〟を果たし、関係を深めていく。が、春哉はかつて交通事故に遭い、一部の記憶を失くしていた。やがて衝撃の事実が明らかになり……？　驚きのどんでん返しの後、温かい涙が頬を伝う、この冬最高の許しと愛の物語。

いぬじゅんの「冬」シリーズ
第4弾！　最高に泣けるピュアラブ。

いぬじゅん
『いつかの冬、終わらない君へ』

装画：tamaki

出版社で働く柚希は、人に対して自己主張ができない性格。小説の編集者になりたくて出版社に入ったが、入社以来求人誌の編集部で働いている。柚希には小説家を目指していた高校時代からの親友・彩羽がいたが、彩羽は二年前に事故で亡くなっていた。柚希はその事故の原因が自分にあると思い込んでいた。絶望的な状況の柚希の前に、ある日赤いパーカーを着た青年が現れる。青年は柚希に「僕の名前を呼んで」と語りかける……。

究極の選択に向き合う人々の
深い愛情に満ちた決断とは……

いぬじゅん
『君の余命が消えぬまに』

装画：tamaki

心臓病が発覚し、退職を決めた生内花菜は、最終日に同僚から都市伝説のような余命銀行の話を聞く。親友とも心の距離を感じて落ち込んだ矢先、不思議な女性、鈴本朋子と出会う。彼女が案内したのは小さなオフィス――余命銀行だった。実在に驚きつつも、謎めいた支店長・伊吹と黒猫ワトソン、朋子とそこで働くことにした花菜は、命を預けにくる人々に寄り添っていく。幾つもの決断に、悲しくも温かい涙が流れる、著者渾身の感動作！